名师导读美绘版

周国平 著

郑学志 导读

生命中不能错过什么

长江出版传媒

长江文艺出版社

图书在版编目（ＣＩＰ）数据

生命中不能错过什么 / 周国平著. -- 武汉：长江
文艺出版社，2017.8
（暖心美读书：名师导读美绘版）
ISBN 978-7-5354-9746-8

Ⅰ. ①生… Ⅱ. ①周… Ⅲ. ①散文集－中国－当代
Ⅳ. ①I267

中国版本图书馆 CIP 数据核字(2017)第 113497 号

责　　编：黄海阔　　　　　　　　责任校对：陈　琪
整体设计：一壹图书　　　　　　　责任印制：邱　莉　　王光兴

出版：长江出版传媒 | 长江文艺出版社
地址：武汉市雄楚大街 268 号　　　邮编：430070
发行：长江文艺出版社
电话：027—87679360
http://www.cjlap.com
印刷：湖北新华印务有限公司

开本：720 毫米×1020 毫米　　　1/16　　印张：14.75
版次：2017 年 8 月第 1 版　　　2017 年 8 月第 1 次印刷
字数：129 千字

定价：26.00 元

暖心美读书（名师导读美绘版）
高端选编委员会

（以年岁为序）

谢　冕　著名文学评论家，北京大学中文系教授

周国平　著名哲学家、作家，中国社会科学院哲学研究所研究员

王泉根　著名文学评论家，北京师范大学中文系教授，中国作家协会儿童文学委员会副主任

曹文轩　著名作家，北京大学中文系教授，北京作家协会副主席

朱永新　著名教育家，苏州大学教授，中国民主促进会中央委员会副主席

相信精神，相信文学的力量

——《暖心美读书》（名师导读美绘版）总序

王泉根

阅读决定高度，精神升华成长。

阅读是生命的重要组成部分。人生的阅读史就是给生命打底的历史、精神发展的历史。在今天这个网络阅读、手机阅读、图画阅读已经成风的多媒体时代，图书阅读依然显得十分重要，静静地捧读书本的姿态，依然是一种最迷人、最值得赞美的姿态。

少年儿童的精神生命如同夏花般蓬勃开放生长。认知、想象、情感、道德、审美、智慧，是给少年儿童精神生命打底的重要内容，也是阅读的重要内容。从优美的、诗意的、感动我们心灵的文学经典名著中，感悟道德的力量、审美的力量、艺术的力量、语言的力量，保卫想象力，巩固记忆力，滋养我们精神生命的成长，这是文学阅读的应有之理，应获之果。

长江文艺出版社奉献给广大小读者、同时也适合大读者阅读的这一套文学精品书系，我更愿意把它作为"经典"来解读。

界定"经典"是难的,如同"美是难的"一样。我曾在一篇文章中，对"文学经典"作过如下表述："所谓文学经典，就是那些打败了时间的文字、声音、表情，那些影响我们塑造人生，增加底气，从而改变我们精神高度的东西。"显然，文学经典是可以装上我们远行的背囊，陪伴我们一生的。因为，人的一生，在任何年龄，任何时空，都需要增加底气，增加精神的高度，这样的人生才不会在时间的潮汐中虚度遗恨。

经典阅读既是高雅的阅读行为与文学享受，但同时也是一种人文素养的养成性教育。对于一个正在发育和成长中的少年儿童，单有学校的教材教育是远远不够的。成长中的少年儿童，正处于"多梦的年代"，也处于"多思的年代"，他们正在逐步形成独立思维和个体情感，对自己所处的环境和未来发展需要有客观的认识与准备，需要养成积极乐观的人生态度、抗拒挫折的意志和能力，当他们今后走上社会与职场，独立面对自己的现实，独立承受自己的未来时，才不会茫然失措、无从应对。而这些精神"维生素"与人生智慧，往往深藏在经典名著之中。因而经典可以使人终身受益，在人的一生中发挥潜移默化的精神灯火作用。

长江文艺出版社奉献给广大读者朋友的这一套《暖心美读书》（名师导读美绘版），从文学史、精神史、阅读史的维度，萃取百年中外文学经典名著于一体，立足于少年儿童的阅读接受心理与精神追求，邀请名师进行导读，邀请画师配以美绘，从选文内容、文学品质、文体类型、装帧设计、图文配制等各个环节，都做到了目前能做到的"最高"功夫，可以说这是一套为新世纪的读者特别是广大少儿读者"量身定做"的文学精粹。

耶鲁学派的代表人物布鲁姆说："没有经典，我们就会停止思考。"经典的永恒价值在于凝聚起现实与历史、人生与人心、上代与下代之间向上向善向美的力量！

有一种力量，让成长充满审美。有一种力量，让青春刚柔并济。有一种力量，让梦想不再遥远。有一种力量，让未来收获吉祥。幻想激活世界，文学托举梦想。相信阅读，相信精神，相信文学的力量。

2017 年 2 月 9 日于北京师范大学文学院

你我都需要一扇人生的窗

——《生命中不能错过什么》导读

郑学志

认识周国平，是从他的《妞妞：一个父亲的札记》开始的。

那时候我大学毕业没几年，一个偶然的机会碰到了这本书，一个大男人被另外一个遥远的大男人弄哭了。冷峻的文笔、炽烈的感情，基于一个医疗事件的反思，顿时让我对生命、对生活有了震撼的认识。于是，疯狂地查找他的资料，疯狂跟读他的新文章。可以这么说，我对"学者散文"的认识，是从读周国平开始的。

写作有两类人，一类是靠天分，天赋异禀，超会写文章。一个故事，一本书，能够把读者弄得神魂颠倒。但是清醒之后，却发现作者并没有写多少东西，甚至没一句真实的话。我认为，那不是文学。另外一类人，当然也有天分，但是更靠思想打动人。他们是儒雅学者，学养深厚，见多识广，又善于反思。这样人写的文章，平常小事中蕴藏着睿智的观察和思考，朴素道理里体现了他们的人生阅历，用哲学的思维和眼光看待生活、生命、世界，用文学的形式谈哲学，诸如生命的意义、死亡、性与爱、自我、灵魂与超越等。读他们的一篇文章或一本书，就是邂逅一位人生的智者，是阅读一部生活简史，您会懂得什么叫厚重、真实，您会明白什么叫内省、积淀，这样的文章，就是学者文章，文化味儿很浓的一类人的文章。

周国平显然属于后者。海派基础教育，让少年的他得到了良好的教育；北大哲学系毕业的第一学历，本身就意味着高含金量。玩什么不好，还偏偏玩哲学！而且研究很深的还是一般人不懂的尼采——这是一般作者所没有的。然后就读中国社科院哲学研究所并留院工作……文化精英的道路，给周国平不同于一般文学爱好者的生活基础和阅历视野。这样的作者，用当下很时髦的剧情来说，就是高富帅的霸道总裁，你喜欢的那种类型，而且偏偏又只喜欢你——真的没救了，那就只有随着剧情发展，跟着他一起浮沉起伏，一起跌宕激动，疯狂投入地阅读人生这本书了。

人一辈子，最重要的时间段，就是在青春期的时候遇到一段美好的爱情，在创业时遇到一位睿智的长者，在懵懂的时候遇到一位点拨你的贵人。青春年少时，我们在动漫之外，在追剧之外，更需要这样理性地、给青春打开一个窗口地读书，用智者的思想镀亮人生。那么，周国平无疑就是一位很好的导师。他用穿透时间的眼光，极其简约精练的感悟，沟通我们和世界的距离。你想成为谁？《成为你自己》。你需要对谁负责？《对自己的人生负责》。人最高贵的是什么？《人的高贵在于灵魂》……你有没有脑洞大开的感觉？是不是觉得相见恨晚？

我喜欢阅读周国平的文字，就在于他经常给我恍然大悟的感觉。在《妞妞》那本书中，他是一座厚重的大山。在本书收录的这些散文中，他是一位相伴人生路上的智者。尤其是在当下越来越功利的经济社会，他和我们谈幸福、谈未来，谈一些隐藏在浮华世界里我们自己都不知道的真实追求。"我始终相信，人的灵魂生活比外在的肉身生活和社会生活更为本质，每个人的人生质量首先取决于他的灵魂生活的质量。"（《被废黜的国王》）极繁里洞察极简，从复杂的欲望里探寻幸福的本质，周国平往往一句话就能戳心。

幸运的是，周国平的这种戳心不是空洞地说教，而是他自己直抵身体和生命的感悟，呈现出一种生长的过程。比如他说爱情，他说青春，说起他对异性的爱慕和觉醒，是那样地真实、生动，哪怕是有些羞涩和害怕，甚至假公济私，利用掌握黑板报的权利抨击班上的异性交往，以保护自己对异性的那一份渴望……都说得那样真实、那样坦然，完全就是写青春期的你、我和他们！

"可以没有爱情，但如果没有对爱情的憧憬，哪里还有青春？可以没有理解，但如果没有对理解的期待，哪里还有创造？可以没有所等的一切，但如果没有等待，哪里还有人生？"没有妈妈唠叨，没有爸爸板着脸，更没有老师严肃的样子，你是不是有一种超级平等的感觉？平易之中多见理趣，对了，这就是周国平，这就是你现在正在阅读的周国平。

读周国平，我没有像一般老师那样，给大家罗列出他写的很多书，我觉得没有意义。一是从职业上说，周国平是一个著名的学者、作家、哲学家，写书是他的职业。那么多书名，哪怕是代表作，也仅仅是他写过的一部分而已。二是我觉得，更多的选择权应该交给我们的读者，交给我们读书的人。如果大家喜欢，通过他的一本书，自然会去打开另外一扇想要探寻的窗口。

用一句流传很广的话来说：谁的青春不迷茫？我们需要的是在迷茫的时候，用阅读打开人生的一扇窗。让你知道你曾痛不欲生的感情经历，其实只是人生中的一个小波澜，让你知道别人那么骄傲的成绩，也终将成为生命曾经有过的印记。周国平，能够让我们在车马喧闹的街头，找到一个安静的窗口，审视《成功的真谛》，聆听我们内心《丰富的安静》，给我们人生寻找一个通向自我完善的窗口。

如此，我们就拥有了一个坚强而温柔的灵魂。

目录
CONTENTS

CONTENTS
■ 目 录

目录
CONTENTS

成为你自己

第一辑

发现的时代

  在人的一生中，中学时代是重要的，其重要性往往被估计得不够。这倒也在情理中，因为当局者太懵懂，过来人又太健忘。一个人由童年进入少年，身体和心灵都发生着急剧的变化，造化便借机向他透露了自己的若干秘密。正是在上中学那个年龄，人生中某些本质的东西开始显现在一个人的精神视野之中了。所以，我把中学时代称作人生中一个发现的时代。发现了什么？因为求知欲的觉醒，发现了一个书的世界。因为性的觉醒，发现了一个异性世界。因为自我意识的觉醒，发现了自我也发现了死亡。总之，所发现的是人生画面上最重要的几笔，质言之，可以说就是发现了人生。千万不要看轻中学生，哪怕他好似无忧无虑，愣头愣脑，在他的内部却发生着多么巨大又多么细致的事件。

一 书的发现

我这一辈子可以算是一个读书人，也就是说，读书成了我的终身职业。我不敢说这样的活法是最好的，因为人在世上毕竟有许多活法，在别的活法的人看来，啃一辈子书本的生活也许很可怜。不过，我相信，一个人不管从事什么职业，如果不读书，他的眼界和心界就不免狭窄。

回想起来，最早使我对书发生兴趣的只是一本普通的儿童读物。那还是在上小学的时候，班里的同学们把自己的书捐出来，凑成了一个小小的书库。我从这个小书库里借了一本书，书名是《铁木儿的故事》，讲一个顽皮男孩的种种恶作剧。这本书让我笑破了肚皮，以至于我再也舍不得与这个可爱的男孩分手了，还书之后仍然念念不忘，终于找一个机会把书偷归了己有。

后来我没有再偷过书。但是，从此以后，我对书不再是视若不见，而是刮目相看了，我眼中有了一个书的世界，看得懂看不懂的书都会使我眼馋心痒，我相信其中一定藏着一些有趣的东西，等待我去把它们找出来。

当时我家住在离上海图书馆不远的地方，我常常经过那里，但小学生是没有资格进去的，我只能心向往之。小学毕业，拿到了考初中的准考证，凭这个证件就可以到馆内的阅览室看书了，为此我感到非常自豪。记得我借的第一本书是雨果的《悲惨世界》，管理员怀疑地望着我，不相信十一岁的孩子能读懂。我的确读不懂，翻了几页，乖乖地还掉了。这一经验给我的打击是严重的，使得我很久不敢再去碰外国名著，直到进了大学才与世界级大师们接上头。

不过，对书的爱好有增无减，并且很早就有了买书的癖好。读初中时，从我家到学校乘车有五站路，由于家境贫寒，父亲每天只给我四分钱的单程车费。我连这钱也舍不得花，总是徒步往返，攒下来去买途中一家旧书店里我看中的某一本书。钱当然攒得极慢，我不得不天天去看那本书是否还在，直到攒够了钱把它买下才松一口气。读高中时，我住校，从家里到学校要乘郊区车，单程票价五角，于是我每周可以得到一元钱的车费了。这使我在买书时有了财大气粗之感，为此每个周末无比愉快地跋涉在十几公里的郊区公路上。

在整个中学时代，我爱书，但并不知道该读什么书。初中时，上海市共青团在中学生中举办"红旗奖章读书运动"，我年年都是获奖者。学校团委因此让我写体会，登在黑板报上。我写了我的读书经历，叙述我的兴趣如何由童话和民间故事转向侦探小说，又如何转向《苦菜花》《青春之歌》等中国当代长篇小说。现在想来觉得好笑，那算什么读书经历呢。进入高中后，我仍然不曾读过任何真正重要的书，基本上是在粗浅的知识性读物中摸索。在盲目而又强烈的求知欲驱使下，有一阵我竟然认真地读起了词典，边读边把我觉得有用的词条抄在笔记簿上。我在中学时代的读书收获肯定不在于某一本书对于我的具体影响，而在于养成了读书的习惯。从那时开始，我已经把功课看得很次要，而把更多的时间用来读课外书。这部分地要归功于我读高中的上海中学，那是一所学习气氛颇浓的学校，阅览室的墙上贴着高尔基的一句语录："我扑在书本上，就像饥饿的人扑在面包上一样。"这句话对于当时的我独具魔力，非常贴切地表达了一个饥不择食的少年人的心情和状态。我也十分感谢那时候的《中国青年报》，它常常刊登一些伟人的励志名言，向我的旺盛的求知欲里注进了一股坚韧的毅力。

在中学时，我的功课在班里始终是名列前茅的，但不是那种受宠的学生。初中二年级，只是因为大多数同学到了年龄，退出了少先队，而我的年龄偏小，才当上了一回中队长。这是我此生官运的顶峰。高中一直是班上的数学课代表，仅此而已。说到数学课代表，还有一段"轶事"。因为我的数学成绩好，高中临毕业，当全班只有我一人宣布报考文科时，便在素有重理轻文传统的上海中学爆出了一个冷门，引得人们议论纷纷。当时我悄悄赋诗曰："师生纷纭怪投文，抱负不欲众人闻。"其实我哪里有什么明确的

"抱负"，只是读的书杂了，就不甘心只向理工科的某一个门类发展了，总觉得还有更加广阔的知识天地在等着我去驰骋。最后我选择了哲学这门众学之学，起作用的正是这样一种不愿受某个专业限制的自由欲求。

二 性的发现

上课时，坐在第一排的那个小男生不停地回头，去看后几排的一个大女生。大女生有一张白皙丰满的脸蛋，穿一件绿花衣服。小男生觉得她楚楚动人，一开始是不自觉地要回头去看，后来却有些故意了，甚至想要让她知道自己的"情意"。她真的知道了，每接触小男生的目光，白皙的脸蛋上便会泛起红晕。这时候，小男生心中就涌起一种甜蜜的欢喜。

那个小男生就是我。那是读初中的时候，我不知不觉地开始注意起了班上的女生。我在班上年龄最小，长得又瘦弱，现在想来，班上那些大女生们都不会把我这个小不点儿放在眼里，殊不知小不点儿已经情窦初开心怀鬼胎了。我甚至相信自己已经爱上了那个穿绿花衣服的女生。然而，一下了课，我却始终没有勇气去接近这个上课时我敢于对之频送秋波的人。有一次下厂劳动，我们分在同一个车间，我使劲跟别的同学唇枪舌剑，想用我的机智吸引她的注意，但就是不敢直接与她搭话。班上一个男生是她的邻居，平时敢随意与她说话，这使我对这个比我年长的男生既佩服又嫉妒。后来，在一次家长会上，我看见了绿衣女生的母亲，那是一个男人模样的老丑女人。这个发现使我有了幻想破灭之感，我对绿衣女生的暗恋一下子冷却了。

当时我并不知道，我对女孩子的白日梦式的恋慕只是一种前兆，是预告身体里的风暴即将来临的一片美丽的霞光。男孩子的性觉醒是一个充满痛苦的过程。面对汹涌而至锐不可当的欲望之潮，男孩子是多么孤独无助。大约从十三岁开始，艰苦而漫长的搏斗在我的身上拉开了序幕，带给我的是无数个失眠之夜。没有人告诉我发生了什么，应该怎么办。我到书店里偷偷地翻看生理卫生常识一类的书，每一次离开时都带回了更深的懊悔和自责。我的亲身经验告诉我，处在讨人嫌的年龄上的男孩子其实是多么需要亲切的帮助和指导。

我是带着秘密的苦闷进入高中的，这种苦闷使我的性格变得内向而敏感。在整个高中时期，我像苦行僧一样鞭策自己刻苦学习，而对女孩子仿佛完全不去注意了。班上一些男生和女生喜欢互相打闹，我见了便十分反感。有一回，他们又在玩闹，一个女生在黑板上写了一串我的名字，然后走到座位旁拍我的脑袋，我竟然立即板起了脸。事实上，我心里一直比较喜欢这个机灵的女生，而她的举动其实也是对我友好的表示，可是我就是如此不近情理。我还利用我主持的黑板报抨击班上男女生之间的"调情"现象，记得有一则杂感是这样写的："有的男生喜欢说你们女生怎么样怎么样，有的女生喜欢说你们男生怎么样怎么样，这样的男生和女生都不怎么样。"我的古板给我赢得了一个"小老头儿"的绰号。

现在我分析，当时我实际上是处在性心理的自发的调整时期。为了不让肉欲的觉醒损害异性的诗意，我便不自觉地远离异性，在我和她们之间建立了一道屏障。这个调整时期一直延续到进大学以后，在我十八岁那一年，我终于可以坦然地写诗讴歌美丽的女性和爱情了。

三　死的发现

我相信，每一个人在生命的早期必定会有那样一个时刻，突然发现了死亡。在此之前，虽然已经知道了世上有死这种现象，对之有所耳闻甚至目睹，但总觉得那仅仅与死者有关，并未与自己联系起来。可是，迟早有一天，一个人将确凿无疑地知道自己也是不可避免地会死的。这一发现是一种极其痛苦的内心经验，宛如发生了一场看不见的地震。从此以后，一个人就开始了对人生意义的追问和思考。

小时候，我经历过外祖父的死，刚出生的最小的妹妹的死，不过那时候我对死没有切身之感，死只是一个在我之外的现象。我也感到恐惧，但所恐惧的其实并不是死，而是死人。在终于明白死是一件与我直接有关也属于我的事情之前，也许有一个逐渐模糊地意识到同时又怀疑和抗拒的过程。小学高年级时，上卫生常识课，老师把人体解剖图挂在墙上，用教鞭指点着讲解。我记得很清楚，当时我脑中盘旋着的想法是：不，我身体里一定没有这些乱糟糟的东西，所以我是不会死的！这个抗辩的呼声表明，当时我已经开始意识到了死与我的可怕联系，所以要极力否认。

当然，否认不可能持续太久，至少在初中时，我已经知道我必将死亡是一个无可否认的事实了。从那时起，我便常常会在深夜醒来，想到人生的无常和死后的虚无，感到不可思议，感到绝望。上历史课时，有一回，老师给我们讲释迦牟尼成佛的故事，我感动得流了眼泪。在我的想象中，佛祖是一个和我一样的男孩，他和我一样为人的生老病死而悲哀，我多情地相信如果生在同时，我必是他的知己。

少年时代，我始终体弱多病，这更加重了我性格中的忧郁成分。从那时留下的诗歌习作中，我发现了这样的句子："一夕可尽千年梦，直对人世说无常。""无疾不知有疾苦，旷世雄心会入土。"当时我还不可能对生与死的问题作深入的哲学思考，但是，回过头看，我不能不承认，我后来关注人生的哲学之路的源头已经潜藏在少年时代的忧思中了。

四 "我"的发现

在我上中学的年代，学校里非常重视集体主义的教育，个人主义则总是遭到最严厉的批评。按照当时的宣传，个人没有任何独立的价值，其全部价值就是成为集体里的积极分子，为集体做好事。在这样的氛围里，一个少年人的自我意识是很难觉醒的。我也和大家一样，很在乎在这方面受到的表扬或批评。但是，我相信意识有表层和深层的区别，两者不是一回事。在深层的意识中，我的"自我"仍在悄悄地觉醒，而且恰恰是因为受了集体的刺激。

那是读初中的时候，为了强化学生的集体观念，老师按家庭住址给学生划片，每个片的男生和女生各组织成一个课外小组。当然，每个学生都必须参加自己那个小组的活动。在我的印象中，课外小组的活动是一连串不折不扣的噩梦。也许因为我当时身体瘦弱，性格内向，组里的男生专爱欺负我。每到活动日，我差不多是怀着赴难的悲痛，噙着眼泪走向作为活动地点的同学家里的。我知道，等待着我的必是又一场恶作剧。我记得最清晰的一次，是班上一个女生奉命前来教我们做手工，组内的男生们故意锁上门不让她进来，而我终于看不下去了，去把门打开。那个女生离去后，大家就群起而耻笑我，并且把我按倒在地上，逼我交代我与那个女生是什么关系。

受了欺负以后，我从不向人诉说。我压根儿没想到要向父母或者老师告状。我的内心在生长起一种信念，我对自己说，我与这些男生是不一样的人，我必定比他们有出息，我要让他们看到这一天。事实上我是憋着一股暗劲，那时候我把这称作志气，它成了激励我发奋学习的主要动力。后来，我的确是班上各门功课最优秀的学生，因此而屡屡受到老师们的夸奖，也逐渐赢得了同学们的钦慕，甚至过去最爱惹我的一个男生也对我表示友好了。

当然，严格地说，这还算不上对自我价值的发现，其中掺杂了太多的虚荣心和功利心。不过，除此之外，我当时的发奋也还有另一种因素起作用，就是意识到了我的生命的有限和宝贵，我要对这不可重复的生命负责。在后来的人生阶段中，这一因素越来越占据了主导地位，终于使我能够比较的超脱功利而坚持走自己的路。我相信，对自己的生命负责是最基本的责任心，一个对自己的生命尚且不负责的人是绝不可能对他人、对民族、对世界负责的。可是，即使在今天的学校教育中，这仍然是一个多么陌生的观念。

在我身上，自我意识的觉醒还伴随着一个现象，就是逐渐养成了写日记的习惯。一开始是断断续续的，从高中一年级起，便每天都记，乐此不疲，在我的生活中成了比一切功课重要无数倍的真正的主课。日记的存在使我觉得，我的生命中的每一个日子没有白白流失，它们将以某种方式永远与我相伴。写日记还使我有机会经常与自己交谈，而一个人的灵魂正是在这样的交谈中日益丰富而完整。我对写日记的热情一直保持到大学四年级，在"文化大革命"中被暂时扑灭，并且还毁掉了多年来写的全部日记。我为此感到无比心痛，但是我相信，外在的变故并不能夺去我的灵魂从过去写日记中所取得的收获。

成为你自己

童年和少年是充满美好理想的时期。如果我问你们，你们将来想成为怎样的人，你们一定会给我许多漂亮的回答。譬如说，想成为拿破仑那样的伟人，爱因斯坦那样的大科学家，曹雪芹那样的文豪等等。这些回答都不坏，不过，我认为比这一切都更重要的是：首先应该成为你自己。

姑且假定你特别崇拜拿破仑，成为像他那样的盖世英雄是你最大的愿望。好吧，我问你：就让你完完全全成为拿破仑，生活在他那个时代，有他那些经历，你愿意吗？你很可能会激动得喊起来：太愿意啦！我再问你：让你从身体到灵魂整个儿都变成他，你也愿意吗？这下你或许有些犹豫了，会这么想：整个儿变成了他，不就是没有我自己了吗？对了，我的朋友，正是这样。那么，你不愿意了？当然喽，因为这意味着世界上曾经有过拿破仑，这个事实没有改变，唯一的变化是你压根儿不存在了。

　　由此可见，对于每一个人来说，最宝贵的还是他自己。无论他多么羡慕别的什么人，如果让他彻头彻尾成为这个别人而不再是自己，谁都不肯了。

　　也许你会反驳我说：你说的真是废话，每个人都已经是他自己了，怎么会彻头彻尾成为别人呢？不错，我只是在假设一种情形，这种情形不可能完全按照我所说的方式发生。不过，在实际生活中，类似情形却常常在以稍微不同的方式发生着。真正成为自己可不是一件容易的事。世上有许多人，你可以说他是随便什么东西，例如是一种职业，一种身份，一个角色，唯独不是他自己。如果一个人总是按照别人的意见生活，没有自己的独立思考，总是为外在的事务忙碌，没有自己的内心生活，那么，说他不是他自己就一点儿也没有冤枉他。因为确确实实，从他的头脑到他的心灵，你在其中已经找不到丝毫真正属于他自己的东西了，他只是别人的一个影子和事务的一架机器罢了。

　　那么，怎样才能成为自己呢？这是真正的难题，我承认我给不出一个答案。我还相信，不存在一个适用于一切人的答案。我只能说，最重要的是每个人都要真切地意识到他的"自我"的宝贵，有了这个觉悟，他就会自己去寻找属于他的答案。在茫茫宇宙间，每个人都只有一次生存的机会，都是一个独一无二、不可重复的存在。正像卢梭所说的，上帝把你造出来后，就把那个属于你的特定的模子打碎了。名声、财产、知识等等是身外之物，人人都可求而得之，但没有人能够代替你感受人生。你死之后，没有人能够代替你再活一次。如果你真正意识到了这一点，你就会明白，活在世上，最重要的事就是活出你自己的特色和滋味来。你的人生是否有意义，衡量的标准不是外在的成功，而是你对人生意义的独特领悟和坚守，从而使你的自我闪放出个性的光华。

在历史上，每当世风腐败之时，人们就会盼望救世主出现。其实，救世主就在每个人的心中。耶稣是基督徒公认的救世主，可是连他也说："一个人得到了整个世界，却失去了自我，又有何益？"《圣经》中的这一句是金玉良言，值得我们永远牢记。

对自己的人生负责

　　我们活在世上，不免要承担各种责任，小至对家庭、亲戚、朋友，对自己的职务，大至对国家和社会。这些责任多半是应该承担的。不过，我们不要忘记，除此之外，我们还有一项根本的责任，便是对自己的人生负责。

　　每个人在世上都只有活一次的机会，没有任何人能够代替他重新活一次。如果这唯一的一次人生虚度了，也没有任何人能够真正安慰他。认识到这一点，我们对自己的人生怎么能不产生强烈的责任心呢？在某种意义上，人世间各种其他的责任都是可以分担或转让的，唯有对自己的人生的责任，每个人都只能完全由自己来承担，一丝一毫依靠不了别人。

　　不只于此，我还要说，对自己的人生的责任心是其余一切责任心的根源。一个人唯有对自己的人生负责，建立了真正属于自己的人生目标和生活信念，他才可能由之出发，自觉地选择和承担起对他人和社会的责任。正如歌德所说："责任就是对自己要求去做的事情有一种爱。"因为这种爱，所以尽责本身就成了生命意义的一种实现，就能从中获得心灵的满足。相反，我不能想象，一个不爱人生的人怎么会爱他人和爱事业，一个在人生中随波逐流的人怎么会坚定地负起生活中的责任。实际情况往往是，这样的人把尽责不是看作从外面加给他的负担而勉强承受，便是看作纯粹的付出而索求回报。

　　一个不知对自己的人生负有什么责任的人，他甚至无法弄清他在世界上的责任是什么。有一位小姐向托尔斯泰请教，为了尽到对人类的责任，她应该做些什么。托尔斯泰听了非常反感，因此想到：人们为之受苦的巨大灾难就在于没有自己的信念，却偏要做出按照某种信念生活的样子。当然，这样的信念只能是空洞的。这是一种情况。更常见的情况是，许多人对责任的关系确实是完全被动的，他们之所以把一些做法视为自己的责任，不是出于自觉的选择，而是由于习惯、时尚、舆论等原因。譬如说，有的人把偶然却又长期从事的某一职业当作了自己的责任，从不尝试去拥有真正适合自己本性的事业。有的人看见别人发财和挥霍，便觉得自己也有责任拼命挣钱花钱。有的人十分看重别人尤其上司对自己的评价，谨小慎微地为这种评价而活着。由于他们不曾认真地想过自己的人生使命究竟是什么，在责任问题上也就必然

是盲目的了。

　　所以，我们活在世上，必须知道自己究竟想要什么。一个人认清了他在这世界上要做的事情，并且在认真地做着这些事情，他就会获得一种内在的平静和充实。他知道自己的责任之所在，因而关于责任的种种虚假观念都不能使他动摇了。我还相信，如果一个人能对自己的人生负责，那么，在包括婚姻和家庭在内的一切社会关系上，他对自己的行为都会有一种负责的态度。如果一个社会是由这样对自己的人生负责的成员组成的，这个社会就必定是高质量的有效率的社会。

人的高贵在于灵魂

　　法国思想家帕斯卡尔有一句名言："人是一支有思想的芦苇。"他的意思是说，人的生命像芦苇一样脆弱，宇宙间任何东西都能置人于死地。可是，即使如此，人依然比宇宙间任何东西高贵得多，因为人有一个能思想的灵魂。我们当然不能也不该否认肉身生活的必要，但是，人的高贵却在于他有灵魂生活。作为肉身的人，人并无高低贵贱之分。唯有作为灵魂的人，由于内心世界的巨大差异，人才分出了高贵和平庸，乃至高贵和卑鄙。

　　两千多年前，罗马军队攻进了希腊的一座城市，他们发现一个老人正蹲在沙地上专心研究一个图形。他就是古代最著名的物理学家阿基米德。他很快便死在了罗马军人的剑下，当剑朝他劈来时，他只说了一句话："不要踩坏我的圆！"在他看来，他画在地上的那个图形是比他的生命更加宝贵的。更早的时候，征服了欧亚大陆的亚历山大大帝视察希腊的另一座城市，遇到正躺在地上晒太阳的哲学家第欧根尼，便问他："我能替你做些什么？"得到的回答是："不要挡住我的阳光！"在他看来，面对他在阳光下的沉思，亚历山大大帝的赫赫战功显得无足轻重。这两则传为千古美谈的小故事表明了古希腊优秀人物对于灵魂生活的珍爱，他们爱思想胜于爱一切，包括自己的生命。把灵魂生活看得比任何外在的事物包括显赫的权势更加高贵。

珍惜内在的精神财富甚于外在的物质财富，这是古往今来一切贤哲的共同特点。英国作家王尔德到美国旅行，入境时，海关官员问他有什么东西要报关，他回答："除了我的才华，什么也没有。"使他引以自豪的是，他没有什么值钱的东西，但他拥有不能用钱来估量的艺术才华。正是这位骄傲的作家在他的一部作品中告诉我们："世间再没有比人的灵魂更宝贵的东西，任何东西都不能跟它相比。"

其实，无需举这些名人的事例，我们不妨稍微留心观察周围的现象。我常常发现，在平庸的背景下，哪怕是一点不起眼的灵魂生活的迹象，也会闪放出一种很动人的光彩。

有一回，我乘车旅行。列车飞驰，车厢里闹哄哄的，旅客们在聊天、打牌、吃零食。一个少女躲在车厢的一角，全神贯注地读着一本书。她读得那么专心，还不时地往随身携带的一个小本子上记些什么，好像完全没有听见周围嘈杂的人声。望着她仿佛沐浴在一片光辉中的安静的侧影，我心中充满感动，想起了自己的少年时代。那时候我也和她一样，不管置身于多么混乱的环境，只要拿起一本好书，就会忘记一切。如今我自己已经是一个作家，出过好几本书了，可是我却羡慕这个埋头读书的少女，无限缅怀已经渐渐远逝的有着同样纯正追求的我的青春岁月。

每当北京举办世界名画展览时，便有许多默默无闻的青年画家节衣缩食，自筹旅费，从全国各地风尘仆仆来到首都，在名画前流连忘返。我站在展厅里，望着这一张张热忱仰望的年轻的面孔，心中也会充满感动。我对自己说：有着纯正追求的青春岁月的确是人生最美好的岁月。

若干年过去了，我还会常常不由自主地想起列车上的那个少女和展厅里的那些青年，揣摩他们现在不知怎样了。据我观察，人在年轻时多半是富于理想的，随着年龄增长就容易变得越来越实际。由于生存斗争的压力和物质利益的诱惑，大家都把眼光和精力投向外部世界，不再关注自己的内心世界。其结果是灵魂日益萎缩和空虚，只剩下了一个在世界上忙碌不止的躯体。对于一个人来说，没有比这更可悲的事情了。我暗暗祝愿他们仍然保持着纯正的追求，没有走上这条可悲的路。

性格就是命运

古希腊哲人赫拉克利特说："一个人的性格就是他的命运。"这句话包含两层意思：一、对于每一个人来说，性格是与生俱来、伴随终身的，永远不可摆脱，如同不可摆脱命运一样；二、性格决定了一个人在此生此世的命运。

那么，能否由此得出结论，说一个人命运的好坏是由天赋性格的好坏决定的呢？我认为不能，因为天性无所谓好坏，因此由之决定的命运也无所谓好坏。明确了这一点，可知赫拉克利特的名言的真正含义是：一个人应该认清自己的天性，过最适合于他的天性的生活，而对他而言这就是最好的生活。

一个灵魂在天外游荡，有一天通过某一对男女的交合而投进一个凡胎。他从懵懂无知开始，似乎完全忘记了自己的本来面目。但是，随着年岁和经历的增加，那天赋的性质渐渐显露，使他不自觉地对生活有了一种基本的态度。在一定意义上，"认识你自己"

就是要认识附着在凡胎上的这个灵魂，一旦认识了，过去的一切都有了解释，未来的一切都有了方向。

赫拉克利特的名言也常被翻译成："一个人的性格就是他的守护神。"的确，一个人一旦认清了自己的天性，知道自己究竟是什么人，他也就知道自己究竟要什么了，如同有神守护一样，不会在喧闹的人世间迷失方向。

生命本来没有名字

这是一封读者来信，从一家杂志社转来的。每个作家都有自己的读者，都会收到读者的来信，这很平常。我不经意地拆开了信封。可是，读了信，我的心在一种温暖的感动中战栗了。

请允许我把这封不长的信抄录在这里——

不知道该怎样称呼您，每一种尝试都令自己沮丧，所以就冒昧地开口了，实在是一份由衷的生命对生命的亲切温暖的敬意。

记住你的名字大约是在七年前，那一年翻看一本《父母必读》，上面有一篇写孩子的或者是写给孩子的文章，是印刷体却另有一种纤柔之感，觉得您这个男人的面孔很别样。

后来慢慢长大了，读您的文章便多了，常推荐给周围的人去读，从不多聒噪什么，觉得您的文章和人似乎是很需要我们安静的，因为什么，却并不深究下去了。

这回读您的《时光村落里的往事》，恍若穿行乡村，沐浴到了最干净最暖和的阳光。我是一个卑微的生命，但我相信您一定愿意静静地听这个生命说："我愿意静静地听您说话……"我从不愿把您想象成一个思想家或散文家，您不会为此生气吧。

也许好多年之后，我已经老了，那时候，我相信为了年轻时读过的您的那些话语，我要用心说一声：谢谢您！

信尾没有落款，只有这一行字："生命本来没有名字吧，我是，你是。"我这才想到查看信封，发现那上面也没有寄信人的地址，作为替代的是"时光村落"四个字。我注意了邮戳，寄自河北怀来。

从信的口气看，我相信写信人是一个很年轻的刚刚长大的女孩，一个生活在穷城僻镇的女孩。我不曾给《父母必读》寄过稿子，那篇使她和我初次相遇的文章，也许是这个杂志转载的，也许是她记错了刊载的地方，不过这都无关紧要。令我感动的是她对我的文章的读法，不是从中寻找思想，也不是作为散文欣赏，而是一个生命静静地倾听另一个生命。所以，我所获得的不是一个作家的虚荣心的满足，而是一个生命被另一个生命领悟的温暖，一种暖入人性根底的深深的感动。

"生命本来没有名字"——这话说得多么好！我们降生到世上，有谁是带着名字来的？又有谁是带着头衔、职位、身份、财产等等来的？可是，随着我们长大，越来越深地沉溺于俗务琐事，已经很少有人能记起这个最单纯的事实了。我们彼此以名字相见，名字又与头衔、身份、财产之类相连，结果，在这些寄生物的缠绕之下，生命本身隐匿了，甚至萎缩了。无论对己对人，生命的感觉都日趋麻痹。多数时候，我们只是作为一个称谓活在世上。即使是朝夕相处的伴侣，也难得以生命的本然状态相待，更多的是一种伦常和习惯。浩瀚宇宙间，也许只有我们的星球开出了生命的花朵，可是，在这个幸运的星

球上，比比皆是利益的交换，身份的较量，财产的争夺，最罕见的偏偏是生命与生命的相遇。仔细想想，我们是怎样地本末倒置，因小失大，辜负了造化的宠爱。

是的——我是，你是，每一个人都是一个多么普通又多么独特的生命，原本无名无姓，却到底可歌可泣。我、你、每一个生命都是那么偶然地来到这个世界上，完全可能不降生，却毕竟降生了，然后又将必然地离去。想一想世界在时间和空间上的无限，每一个生命的诞生的偶然，怎能不感到一个生命与另一个生命的相遇是一种奇迹呢！有时我甚至觉得，两个生命在世上同时存在过，哪怕永不相遇，其中也仍然有一种令人感动的因缘。我相信，对于生命的这种珍惜和体悟乃是一切人间之爱的至深的源泉。你说你爱你的妻子，可是，如果你不是把她当作一个独一无二的生命来爱，那么你的爱还是比较有限。你爱她的美丽、温柔、贤惠、聪明，当然都对，但这些品质在别的女人身上也能找到。惟独她的生命，作为一个生命体的她，却是在普天下的女人身上也无法重组或再生的，一旦失去，便是不可挽回地失去了。世上什么都能重复，恋爱可以再谈，配偶可以另择，身份可以炮制，钱财可以重挣，甚至历史也可以重演，惟独生命不能。愈是精微的事物愈不可重复，所以，与每一个既普通又独特的生命相比，包括名声、地位、财产在内的种种外在遭遇实在粗浅得很。

　　既然如此，当另一个生命，一个陌生得连名字也不知道的生命，远远地却又那么亲近地发现了你的生命，透过世俗功利和文化的外观，向你的生命发出了不求回报的呼应，这岂非人生中令人感动的幸遇？

　　所以，我要感谢这个不知名的女孩，感谢她用她的安静的倾听和领悟点拨了我的生命的性灵。她使我愈加坚信，此生此世，当不当思想家或散文家，写不写得出漂亮文章，真是不重要。我唯愿保持住一份生命的本色，一份能够安静聆听别的生命也使别的生命愿意安静聆听的纯真，此中的快乐远非浮华功名可比。

　　很想让她知道我的感谢，但愿她读到这篇文章。

丰富的安静

我发现，世界越来越喧闹，而我的日子越来越安静了。我喜欢过安静的日子。

当然，安静不是静止，不是封闭，如井中的死水。曾经有一个时代，广大的世界对于我们只是一个无法证实的传说，我们每一个人都被锁定在一个狭小的角落里，如同螺丝钉被拧在一个不变的位置上。那时候，我刚离开学校，被分配到一个边远山区，生活平静而又单调。日子仿佛停止了，不像是一条河，更像是一口井。

后来，时代突然改变，人们的日子如同解冻的江河，又在阳光下的大地上纵横交错了。我也像是一条积压了太多能量的河，生命的浪潮在我的河床里奔腾起伏，把我的成年岁月变成了一道动荡不宁的急流。

而现在，我又重归于平静了。不过，这是跌宕之后的平静。

在经历了许多冲撞和曲折之后，我的生命之河仿佛终于来到一处开阔的谷地，汇蓄成了一片浩渺的湖泊。我曾经流连于阿尔卑斯山麓的湖畔，看雪山、白云和森林的倒影伸展在蔚蓝的神秘之中。我知道，湖中的水仍在流转，是湖的深邃才使得湖面寂静如镜。

我的日子真的很安静。每天，我在家里读书和写作，外面各种热闹的圈子和聚会都和我无关。我和妻子女儿一起品尝着普通的人间亲情，外面各种寻欢作乐的场所和玩意儿也都和我无关。我对这样过日子很满意，因为我的心境也是安静的。

也许，每一个人在生命中的某个阶段是需要某种热闹的。那时候，饱涨的生命力需要向外奔突，去为自己寻找一条河道，确定一个流向。但是，一个人不能永远停留在这个阶段。托尔斯泰如此自述："随着年岁增长，我的生命越来越精神化了。"人们或许会把这解释为衰老的征兆，但是，我清楚地知道，即使在老年时，托尔斯泰也比所有的同龄人，甚至比许多年轻人更充满生命力。毋宁说，唯有强大的生命才能逐步朝精神化的方向发展。

现在我觉得，人生最好的境界是丰富的安静。安静，是因为摆脱了外界虚名浮利的诱惑。丰富，是因为拥有了内在精神世界的宝藏。泰戈尔曾说：外在世界的运动无穷无尽，证明了其中没有我们可以达到的目标，目标只能在别处，即在精神的内在世界里。"在那里，我们最为深切地渴望的，乃是在成就之上的安宁。

在那里，我们遇见我们的上帝。"他接着说明："上帝就是灵魂里永远在休息的情爱。"他所说的情爱应是广义的，指创造的成就，精神的富有，博大的爱心，而这一切都超越于俗世的争斗，处在永久和平之中。这种境界，正是丰富的安静之极致。

我并不完全排斥热闹，热闹也可以是有内容的。但是，热闹总归是外部活动的特征，而任何外部活动倘若没有一种精神追求为其动力，没有一种精神价值为其目标，那么，不管表面上多么轰轰烈烈，有声有色，本质上必定是贫乏和空虚的。我对一切太喧嚣的事业和一切太张扬的感情都心存怀疑，它们总是使我想起莎士比亚对生命的嘲讽："充满了声音和狂热，里面空无一物。"

被废黜的国王

　　帕斯卡尔说：人是一个被废黜的国王，否则就不会因为自己失了王位而悲哀了。所以，从人的悲哀也可证明人的伟大。借用帕斯卡尔的这个说法，我们可以把人类的精神史看作为恢复失去的王位而奋斗的历史。当然，人曾经拥有王位并非一个历史事实，而只是一个譬喻，其含义是：人的高贵的灵魂必须拥有配得上它的精神生活。

　　我不相信上帝，但我相信世上必定有神圣。如果没有神圣，就无法解释人的灵魂何以会有如此执拗的精神追求。用感觉、思

维、情绪、意志之类的心理现象完全不能概括人的灵魂生活，它们显然属于不同的层次。灵魂是人的精神生活的真正所在地，在这里，每个人最内在深邃的"自我"直接面对永恒，追问有限生命的不朽意义。灵魂的追问总是具有形而上的性质，不管现代哲学家们如何试图证明形而上学问题的虚假性，也永远不能平息人类灵魂的这种形而上追问。

我们当然可以用不同的尺度来衡量历史的进步，例如物质财富的富裕，但精神圣洁肯定也是必不可少的一维。正如黑格尔所说："一个没有形而上学的民族就像一座没有祭坛的神庙。"没有祭坛，也就是没有信仰，没有神圣的价值，没有敬畏之心，没有道德的约束，人生唯剩纵欲和消费，人与人之间只有利益的交易和争斗。它甚至不再是一座神庙，而成了一个吵吵闹闹的市场。事实上，不仅在比喻的意义上，而且按照字面的意思理解，在今日中国，这种沦落为乌烟瘴气的市场的所谓神庙，我们见得还少吗？

在一个功利至上、精神贬值的社会里，适应取代创造成了才能的标志，消费取代享受成了生活的目标。在许多人心目中，"理想""信仰""灵魂生活"都是过时的空洞词眼。可是，我始终相信，人的灵魂生活比外在的肉身生活和社会生活更为本质，每个人的人生质量首先取决于他的灵魂生活的质量。一个经常在阅读和沉思中与古今哲人文豪倾心交谈的人，和一个沉湎在歌厅、肥皂剧以及庸俗小报中的人，他们肯定生活在两个决然不同的世界上。

　　人是一个被废黜的国王，被废黜的是人的灵魂。由于被废黜，精神有了一个多灾多难的命运。然而，不论怎样被废黜，精神

终归有着高贵的王室血统。在任何时代，总会有一些人默记和继承着精神的这个高贵血统，并且为有朝一日恢复他的王位而努力着。我愿把他们恰如其分地称作"精神贵族"。"精神贵族"曾经是一个批判词汇，可是真正的"精神贵族"何其稀少！尤其在一个精神遭到空前贬值的时代，倘若一个人仍然坚持做"精神贵族"，以精神的富有而坦然于物质的清贫，我相信他就必定不是为了虚荣，而是真正出于精神上的高贵和诚实。

面对苦难

　　人生在世，免不了要遭受苦难。所谓苦难，是指那种造成了巨大痛苦的事件和境遇。它包括个人不能抗拒的天灾人祸，例如遭遇乱世或灾荒，患危及生命的重病乃至绝症，挚爱的亲人死亡。也包括个人在社会生活中的重大挫折，例如失恋，婚姻破裂，事业失败。有些人即使在这两方面运气都好，未尝吃大苦，却也无法避免那个一切人迟早要承受的苦难——死亡。因此，如何面对苦难，便是摆在每个人面前的重大人生课题。

　　人们往往把苦难看作人生中纯粹消极的、应该完全否定的东西。当然，苦难不同于主动的冒险，冒险有一种挑战的快感，而我们忍受苦难总是迫不得已的。但是，作为人生的消极面的苦难，它在人生中的意义也是完全消极的吗？

　　苦难与幸福是相反的东西，但它们有一个共同之处，就是都直接和灵魂有关，并且都牵涉到对生命意义的评价。在通常情况下，我们的灵魂是沉睡着的，一旦我们感到幸福或遭到苦难时，它便醒来了。如果说幸福是灵魂的巨大愉悦，这愉悦源自对生命的美好意义的强烈感受，那么，苦难之为苦难，正在于它撼动了生命的根基，打击了人对生命意义的信心，因而使灵魂陷入了巨大痛苦。生命意义仅是灵魂的对象，对它无论是肯定还是怀疑、否定，只要是真切的，就必定是灵魂在出场。外部的事件再悲惨，如果它没有震撼灵魂，也成为一个精神事件，就称不上是苦难。一种东西能够把灵魂震醒，使之处于虽然痛苦却富有生机的紧张状态，应当说必具有某种精神价值。

　　多数时候，我们是生活在外部世界上。我们忙于琐碎的日常生活，忙于工作、交际和娱乐，难得有时间想一想自己，也难得有时间想一想人生。可是，当我们遭到厄运时，我们忙碌的身子停了下来。厄运打断了我们所习惯的生活，同时也提供了一个机会，迫使我们与外界事物拉开了一个距离，回到了自己。只要我

们善于利用这个机会，肯于思考，就会对人生获得一种新眼光。古罗马哲学家认为逆境启迪智慧，佛教把对苦难的认识看作觉悟的起点，都自有其深刻之处。人生固有悲剧的一面，对之视而不见未免肤浅。当然，我们要注意不因此而看破红尘。我相信，一个历尽坎坷而仍然热爱人生的人，他胸中一定藏着许多从痛苦提炼的珍宝。

　　苦难不仅提高我们的认识，而且也提高我们的人格。苦难是人格的试金石，面对苦难的态度最能表明一个人是否具有内在的尊严。譬如失恋，只要失恋者真心爱那个弃他而去的人，他就不可能不感到极大的痛苦。但是，同为失恋，有的人因此自暴自弃，萎靡不振，有的人为之反目为仇，甚至行凶报复，有的人则怀着自尊和对他人感情的尊重，默默地忍受痛苦，其间便有人格上的巨大差异。当然，每个人的人格并非一成不变的，他对痛苦的态度本身也在铸造着他的人格。不论遭受怎样的苦难，只要他始终警觉着他拥有采取何种态度的自由，并勉励自己以一种坚忍高贵的态度承受苦难，他就比任何时候都更加有效地提高着自己的人格。

　　凡苦难都具有不可挽回的性质。不过，在多数情况下，这只是指不可挽回地丧失了某种重要的价值，但同时人生中毕竟还存在着别的一些价值，它们鼓舞着受苦者承受眼前的苦难。譬如说，一个失恋者即使已经对爱情根本失望，他仍然会为了事业或为了爱他的亲人活下去。但是，世上有一种苦难，不但本身不可挽回，而且意味着其余一切价值的毁灭，因而不可能从别的方面汲取承受它的勇气。在这种绝望的境遇中，如果说承受苦难仍有意义，那么，这意义几乎唯一地就在于承受苦难的方式本身了。第二次世界大战时，有一个名叫弗兰克的人被关进了奥斯维辛集中营。凡是被关进这个集中营的人几乎没有活着出来的希望，等待着他们的是毒气室和焚尸炉。弗兰克的父母、妻子、哥哥确实都遭到了这种厄运。但弗兰克极其偶然地活了下来，他写了一本非常感人的书讲他在集中营里的经历和思考。在几乎必死的前景下，他之所以没有被集中营里非人的苦难摧毁，正是因为他从承受苦难的方式中找到了生活的意义。他说得好：以尊严的方式承受苦难，这是一项实实在在的内在成就，因为它证明了人在任何时候都拥有不可剥夺的精神自由。事实上，我们每个人都终归要面对一种没有任何前途的苦难，那就是死亡，而以尊严的方式承受死亡的确是我们精神生活的最后一项伟大成就。

己所欲，勿施于人

　　中外圣哲都教导我们："己所不欲，勿施于人。"这是要我们将心比心，不把自己视为恶、痛苦、灾祸的东西强加于人。己所不欲却施于人，损人利己，把自己的快乐建立在别人的痛苦之上，这种行径当然是对别人的严重侵犯。然而，这只是事情的一个方面。

　　另一方面，自己视为善、快乐、幸福的东西，难道就可以强加于人了吗？要是别人并不和你一样认为它们是善、快乐、幸福，这样做岂不也是对别人的一种严重侵犯？在实际生活中，更多的纷争的确起于强求别人接受自己的趣味、观点、立场等等。大至在信仰问题上，试图以自己所信奉的某种教义统一天下，甚至不惜为此发动战争。小至在思维方式上，在生活习惯上，在艺术欣赏上，在文学批评上，人们很容易以自己所是为是，斥别人所是为非。即使在一个家庭的内部，夫妇间改造对方趣味的斗争也是屡见不鲜的。

　　事情的这一个方面往往遭到了忽视。人们似乎认为，以己不欲施于人是明显的恶，出发点就是害人，以己所欲施于人的动机却是好的，是为了助人、救人、造福于人。殊不知在人类历史上，以救世主自居的世界征服者们造成的苦难远远超过普通的歹徒。我们应该记住，己所欲未必是人所欲，同样不可施于人。如果说"己所不欲，勿施于人"是一个文明人的起码品德，它反对的是对他人的故意伤害，主张自己活也让别人活，那么，"己所欲，勿施于人"便是一个文明人的高级修养，它尊重的是他人的独立人格和精神自由，进而提倡自己按自己的方式活，也让别人按别人的方式活。

　　现代社会是一个价值多元的社会，在遵守法律的前提下，人们在精神信仰领域和私生活领域都享有了越来越多的自由。在我看来，这是一个合理化的进程，而那些以己所欲施于人者则是这个进程中的消极因素，倘若他们被越来越多的人宣布为不受欢迎的人，我是丝毫不会感到意外的。

善良·丰富·高贵

　　如果我是一个从前的哲人，来到今天的世界，我会最怀念什么？一定是这六个字：善良，丰富，高贵。

　　看到医院拒收付不起昂贵医疗费的穷人，听凭危急病人死去，看到商人出售假药和伪劣食品，制造急性和慢性的死亡，看到矿难频繁，矿主用工人的生命换取高额利润，看到每天发生的许多凶杀案，往往为了很少的一点钱或一个很小的缘由夺走一条命，我为人心的冷漠感到震惊，于是我怀念善良。

　　善良，生命对生命的同情，多么普通的品质，今天仿佛成了稀有之物。中外哲人都认为，同情是人与兽的区别的开端，是人类全部道德的基础。没有同情，人就不是人，社会就不是人待的地方。人是怎么沦为兽的？就是从同情心的麻木和死灭开始的，由此下去可以干一切坏事，成为法西斯，成为恐怖主义者。善良是区分好人与坏人的最初界限，也是最后界限。

看到今天许多人以满足物质欲望为人生唯一目标，全部生活由赚钱和花钱两件事组成，我为人们的心灵的贫乏感到震惊，于是我怀念丰富。

丰富，人的精神能力的生长、开花和结果，上天赐给万物之灵的最高享受，为什么人们弃之如敝屣呢？中外哲人都认为，丰富的心灵是幸福的真正源泉，精神的快乐远远高于肉体的快乐。上天的赐予本来是公平的，每个人天性中都蕴涵着精神需求，在生存需要基本得到满足之后，这种需求理应觉醒，它的满足理应越来越成为主要的目标。那些永远折腾在功利世界上的人，那些从来不谙思考、阅读、独处、艺术欣赏、精神创造等心灵快乐的人，他们是怎样辜负了上天的赐予啊，不管他们多么有钱，他们是度过了怎样贫穷的一生啊。

看到有些人为了获取金钱和权力毫无廉耻，可以干任何出卖自己尊严的事，然后又依仗所获取的金钱和权力毫无顾忌，肆意凌辱他人的尊严，我为这些人的灵魂的卑鄙感到震惊，于是我怀念高贵。

高贵，曾经是许多时代最看重的价值，被看得比生命还重要，现在似乎很少有人提起了。中外哲人都认为，人要有做人的尊严，要有做人的基本原则，在任何情况下都不可违背，如果违背，就意味着不把自己当人了。今天的一些人就是这样，不知尊严为何物，不把别人当人，任意欺凌和侮辱，而根源正在于他没有把自己当人，事实上你在他身上也已经看不出丝毫人的品性。高贵者的特点是极其尊重他人，他的自尊正因此得到了最充分的体现。人的灵魂应该是高贵的，人应该做精神贵族，世上最可恨也最可悲的岂不是那些有钱有势的精神贱民？

我听见一切世代的哲人在向今天的人们呼唤：人啊，你要有善良的心，丰富的心灵，高贵的灵魂，这样你才无愧于人的称号，你才是作为真正的人在世间生活。

善良，丰富，高贵——令人怀念的品质，人之为人的品质，我期待今天更多的人拥有它们。

成功的真谛

在通常意义上，成功指一个人凭自己的能力做出了一番成就，并且这成就获得了社会的承认。成功的标志，说穿了，无非是名声、地位和金钱。这个意义上的成功当然也是好东西。世上有人淡泊于名利，但没有人会愿意自己彻底穷困潦倒，成为实际生活中的失败者。歌德曾说："勋章和头衔能使人在倾轧中免遭挨打。"据我的体会，一个人即使相当超脱，某种程度的成功也仍然是好事，对于超脱不但无害反而有所助益。当你在广泛的范围里得到了社会的承认，你就更不必在乎在你所隶属的小环境里的遭遇了。众所周知，小环境里往往充满短兵相接的琐屑的利益之争，而你因为你的成功便仿佛站在了天地比较开阔的高处，可以俯视从而以此方式摆脱这类渺小的斗争。

但是，这样的俯视毕竟还是站得比较低的，只不过是恃大利而弃小利罢了，仍未脱利益的计算。真正站得高的人应该能够站到世间一切成功的上方俯视成功本身。一个人能否做出被社会承认的成就，并不完全取决于才能，起作用的还有环境和机遇等外部因素，有时候这些外部因素甚至起决定性作用。单凭这一点，就有理由不以成败论英雄。我曾经在边远省份的一个小县生活了将近十年，如果不是大坏境发生变化，也许会在那里"埋没"终生。我常自问，倘真如此，我便比现在的我差许多吗？我不相信。当然，我肯定不会有现在的所谓成就和名声，但只要我精神上足够富有，我就一定会以另一种方式收获自己的果实。成功是一个社会概念，

一个直接面对上帝和自己的人是不会太看重它的。

　　我的意思是说，成功不是衡量人生价值的最高标准，比成功更重要的是，一个人要拥有内在的丰富，有自己的真性情和真兴趣，有自己真正喜欢做的事。只要你有自己真正喜欢做的事，你就在任何情况下都会感到充实和踏实。那些仅仅追求外在成功的

人实际上是没有自己真正喜欢做的事的，他们真正喜欢的只是名利，一旦在名利场上受挫，内在的空虚就暴露无遗。照我的理解，把自己真正喜欢做的事做好，尽量做得完美，让自己满意，这才是成功的真谛，如此感到的喜悦才是不掺杂功利考虑的纯粹的成功之喜悦。当一个母亲生育了一个可爱的小生命，一个诗人写出了一首美妙的诗，所感觉到的就是这种纯粹的喜悦。当然，这个意义上的成功已经超越于社会的评价，而人生最珍贵的价值和最美好的享受恰恰就寓于这样的成功之中。

做自己的朋友

有人问斯多噶派创始人芝诺："谁是你的朋友？"他回答："另一个自我。"

人生在世，不能没有朋友。在所有朋友中，不能缺了最重要的一个，那就是自己。缺了这个朋友，一个人即使朋友遍天下，也只是表面的热闹而已，实际上他是很空虚的。

一个人是否是自己的朋友，有一个可靠的测试标准，就是看他能否独处，独处是否感到充实。如果他害怕独处，一心逃避自己，他当然不是自己的朋友。

能否和自己做朋友，关键在于有没有芝诺所说的"另一个自我"。它实际上是一个人的更高的自我，这个自我以理性的态度关爱着那个在世上奋斗的自我。理性的关爱，这正是友谊的特征。有的人不爱自己，一味自怨，仿佛是自己的仇人。有的人爱自己而没有理性，一味自恋，俨然自己的情人。在这两种场合，更高的自我都是缺席的。

　　成为自己的朋友，这是人生很高的成就。塞涅卡说，这样的人一定是全人类的朋友。蒙田说，这比攻城治国更了不起。我只想补充一句：如此伟大的成就却是每一个无缘攻城治国的普通人都有希望达到的。

第二辑

生命中不能错过什么

内在生命的伟大

一

　　小时候，也许我也曾经像那些顽童一样，尾随一个盲人，一个瘸子，一个驼背，一个聋哑人，在他们的背后指指戳戳，嘲笑，起哄，甚至朝他们身上扔石子。如果我那样做过，现在我忏悔，请求他们的原谅。

　　即使我不曾那样做过，现在我仍要忏悔。因为在很长的时间里，我多么无知，竟然以为残疾人和我是完全不同的种类，在他们面前，我常常怀有一种愚蠢的优越感，一种居高临下的怜悯。

　　现在，我当然知道，无论是先天的残疾，还是后天的残疾，这厄运没有落到我的头上，只是侥幸罢了。遗传，胚胎期的小小意外，人生任何年龄都可能突发的病变，车祸，地震，不可预测的飞来横祸，种种造成了残疾的似乎偶然的灾难原是必然会发生的，无人能保证自己一定不被选中。

被选中诚然是不幸，但是，暂时——或者，直到生命终结，那其实也是暂时——未被选中，又有什么可优越的？那个病灶长在他的眼睛里，不是长在我的眼睛里，他失明了，我仍能看见。那场地震发生在他的城市，不是发生在我的城市，他失去了双腿，我仍四肢齐全……我要为此感到骄傲吗？我多么浅薄啊！

上帝掷骰子，我们都是芸芸众生，都同样地无助。阅历和思考使我懂得了谦卑，懂得了天下一切残疾人都是我的兄弟姐妹。在造化的恶作剧中，他们是我的替身，他们就是我，他们在替我受苦，他们受苦就是我受苦。

二

我继续问自己：现在我不瞎不聋，肢体完整，就证明我不是残疾了吗？我双眼深度近视，摘了眼镜寸步难行，不敢独自上街。在运动场上，我跑不快，跳不高，看着那些矫健的身姿，心中只能羡慕。置身于一帮能歌善舞的朋友中，我为我的身体的笨拙和歌喉的喑哑而自卑。在所有这些时候，我岂不都觉得自己是一个残疾人吗？

事实上，残疾与健全的界限是十分相对的。从出生那一天起，我们每一个人的身体就已经注定要走向衰老，会不断地受到损坏。

由于环境的限制和生活方式的片面，我们的许多身体机能没有得到开发，其中有一些很可能已经萎缩。严格地说，世上没有绝对健全的人。有形的残缺仅是残疾的一种，在一定的意义上，人人皆患着无形的残疾，只是许多人对此已经适应和麻木了而已。

人的肉体是一架机器，如同别的机器一样，它会发生故障，会磨损、折旧并且终于报废。人的肉体是一团物质，如同别的物质一样，它由元素聚合而成，最后必定会因元素的分离而解体。人的肉体实在太脆弱了，它经受不住钢铁、石块、风暴、海啸的打击，火焰会把它烤焦，严寒会把它冻伤，看不见的小小的病菌和病毒也会置它于死地。

不错，我们有千奇百怪的养生秘方，有越来越先进的医疗技术，有超级补品、冬虫夏草、健身房、整容术，这一切都是用来维护肉体的。可是，纵然有这一切，我们仍无法防备种种会损毁肉体的突发灾难，仍不能逃避肉体的必然衰老和死亡。

　　我不得不承认，如果人的生命仅是肉体，则生命本身就有着根本的缺陷，它注定会在岁月的风雨中逐渐地或突然地缺损，使它的主人成为明显或不明显的残疾人。那么，生命抵御和战胜残疾的希望究竟何在？

三

　　此刻我的眼前出现了一系列高贵的残疾人形象。在西方，从盲诗人荷马，到双耳失聪的大音乐家贝多芬，双目失明的大作家博尔赫斯，全身瘫痪的大科学家霍金，当然，还有又瞎又聋的永恒的少女海伦·凯勒。在中国，从受了膑刑的孙膑，受了腐刑的司马迁，到瞎子阿炳，以及今天仍然坐着轮椅在文字之境中自由驰骋的史铁生。他们的肉体诚然缺损了，但他们的生命因此也缺损了吗？当然不，与许多肉体没有缺损的人相比，他们拥有的是多么完整而健康的生命。

　　由此可见，生命与肉体显然不是一回事，生命的质量肯定不能用肉体的状况来评判。肉体只是一个躯壳，是生命的载体，它的确是脆弱的，很容易破损。但是，寄寓在这个躯壳之中，又超越于这个躯壳，我们更有一个不易破损的内在生命，这个内在生命的通俗名称叫做精神或者灵魂。就其本性来说，灵魂是一个单纯的整体，而不像肉体那样由许多局部的器官组成。外部的机械力量能够让人的肢体断裂，但不能切割下哪怕一小块人的灵魂。自然界的病菌能够损坏人的器官，但没有任何路径可以侵蚀人的灵魂。总之，一切能够致残肉体的因素，都不能致残我们的内在生命。正因为此，一个人无论躯体怎样残缺，仍可使自己的内在生命保持完好无损。

原来，上帝只在一个不太重要的领域里掷骰子，在现象世界拨弄芸芸众生的命运。在本体世界，上帝是公平的，人人都被赋予了一个不可分割的灵魂，一个永远不会残缺的内在生命。同样，在现象世界，我们的肉体受千百种外部因素的支配，我们自己做不了主人。可是，在本体世界，我们是自己内在生命的主人，不管外在遭遇如何，都能够以尊严的方式活着。

四

诗人里尔克常常歌咏盲人。在他的笔下，盲人能穿越纯粹的空间，能听见从头发上流过的时间和在脆玻璃上玎玲作响的寂静。在热闹的世界上，盲人是安静的，而他的感觉是敏锐的，能以小小的波动把世界捉住。最后，面对死亡，盲人有权宣告："那把眼睛如花朵般摘下的死亡，将无法企及我的双眸……"

是的，我也相信，盲人失去的只是肉体的眼睛，心灵的眼睛一定更加明亮，能看见我们看不见的事物，生活在一个更本质的世界里。

　　感官是通往这个世界的门户，同时也是一种遮蔽，会使人看不见那个更高的世界。貌似健全的躯体往往充满虚假的自信，踌躇满志地要在外部世界里闯荡，寻求欲望和野心的最大满足。相反，身体的残疾虽然是限制，同时也是一种敞开。看不见有形的事物了，却可能因此看见了无形的事物。不能在人的国度里行走了，却可能因此行走在神的国度里。残疾提供了一个机会，使人比较容易觉悟到外在生命的不可靠，从而更加关注内在生命，致力于灵魂的锻炼和精神的创造。

　　在这个意义上，不妨说，残疾人更受神的眷顾，离神更近。

五

上述思考为我确立了认识残奥会的一个角度，一种立场。

残疾人为何要举办体育运动会？为何要撑着拐杖赛跑，坐着轮椅打球？是为了证明他们残缺的躯体仍有力量和技能吗？是为了争到名次和荣誉吗？从现象看，是；从本质看，不是。

其实，与健康人的奥运会比，残奥会更加鲜明地表达了体育的精神意义。人们观看残奥会，不会像观看奥运会那样重视比赛的输赢。人们看重的是什么？残奥会究竟证明了什么？

我的回答是：证明了残疾人仍然拥有完整的内在生命，在生命本质的意义上，残疾人并不残疾。

残奥会证明了人的内在生命的伟大。

自己身上的快乐源泉

古希腊哲学家都主张，快乐主要不是来自外物，而是来自人自身。苏格拉底说：享受不是从市场上买来的，而是从自己的心灵中获得的。德谟克利特说：一个人必须习惯于反身自求快乐的源泉。亚里士多德说：沉思的快乐不依赖于外部条件，是最高的快乐。连号称享乐主义祖师爷的伊壁鸠鲁也说：身体的健康和灵魂的平静是幸福的极致。

人应该在自己身上拥有快乐的源泉，它本来就存在于每个人身上，就看你是否去开掘和充实它。这就是你的心灵。当然，如同伊壁鸠鲁所说，身体的健康也是重要的快乐源泉。但是，第一，如果没有心灵的参与，健康带来的就只是动物性的快乐；第二，人对健康的自主权是有限的，潜伏的病魔防不胜防，所以这是一个不太可靠的快乐源泉。

相比之下，心灵的快乐是自足的。如果你的心灵足够丰富，即使身处最单调的环境，你仍能自得其乐。如果你的心灵足够高贵，即使遭遇最悲惨的灾难，你仍能自强不息。这是一笔任何外力都夺不走的财富，是孟子所说的"人之安宅"，你可以藉之安身立命。

由此可见，人们为了得到快乐，热衷于追求金钱、地位、名声等身外之物，无暇为丰富和提升自己的心灵做一些事，是怎样地南辕北辙啊。

生命中不能错过什么

——《绿山墙的安妮》中译本序

　　安妮是一个十一岁的孤儿，一头红发，满脸雀斑，整天耽于幻想，不断闯些小祸。假如允许你收养一个孩子，你会选择她吗？大概不会。马修和玛莉拉是一对上了年纪的独身兄妹，他们也不想收养安妮，只是因为误会，收养成了令人遗憾的既成事实。故事就从这里开始，安妮住进了美丽僻静村庄中这个叫作绿山墙的农舍，她的一言一行都将经受老处女玛莉拉的刻板挑剔眼光——以及村民们的保守务实眼光——的检验，形势对她十分不利。然而，随着故事进展，我们看到，安妮的生命热情融化了一切敌意的坚冰，给绿山墙和整个村庄带来了欢快的春意。作为读者，我们也和小说中所有人一样不由自主地喜欢上了她。正如当年马克·吐温所评论的，加拿大女作家莫德·蒙格玛丽塑造的这个人物不愧是"继不朽的艾丽丝之后最令人感动和喜爱的儿童形象"。

在安妮身上，最令人喜爱的是那种富有灵气的生命活力。她的生命力如此健康蓬勃，到处绽开爱和梦想的花朵，几乎到了奢侈的地步。安妮拥有两种极其宝贵的财富，一是对生活的惊奇感，二是充满乐观精神的想象力。对于她来说，每一天都有新的盼望，新的惊喜。她不怕盼望落空，因为她已经从盼望中享受了一半的喜悦。她生活在用想象力创造的美丽世界中，看见五月花，她觉得自己身在天堂，看见了去年枯萎的花朵的灵魂。请不要说安妮虚无缥缈，她的梦想之花确确实实结出了果实，使她周围的人在和从前一样的现实生活中品尝到了从前未曾发现的甜美滋味。

我们不但喜爱安妮，而且被她深深感动，因为她那样善良。不过，她的善良不是来自某种道德命令，而是源自天性的纯净。她的生命是一条虽然激荡却依然澄澈的溪流，仿佛直接从源头涌出，既积蓄了很大的能量，又尚未受到任何污染。安妮的善良实际上是一种感恩，是因为拥有生命、享受生命而产生的对生命的感激之情。怀着这种感激之情，她就善待一切帮助过她乃至伤害过她的人，也善待大自然中的一草一木。和怜悯、仁慈、修养相比，这种善良是一种更为本真的善良，而且也是更加令自己和别人愉快的。

所以，我认为，这本书虽然是近一百年前问世的，今天仍然很值得我们一读。作为儿童文学的一部经典之作，今天的孩子们

一定还能够领会它的魅力，与可爱的主人公发生共鸣，孩子们比我聪明，无须我多言。我想特别说一下的是，今天的成人们也应当能够从中获得教益。在我看来，教益有二：一是促使我们反省对孩子的教育。我们该知道，就天性的健康和纯净而言，每个孩子身上都藏着一个安妮，我们千万不要再用种种功利的算计去毁坏他们的健康，污染他们的纯净，扼杀他们身上的安妮了。二是促使我们反省自己的人生。在今日这个崇拜财富的时代，我们该自问，我们是否丢失了那些最重要的财富，例如对生活的惊奇感，使生活焕发诗意的想象力，源自感激生命的善良等等。安妮曾经向从来不想象和现实不同的事情的人惊呼："你错过了多少东西！"我们也该自问：我们错过了多少比金钱、豪宅、地位、名声更宝贵的东西？

梦并不虚幻

那是一个非常美丽的真实的故事——

在巴黎，有一个名叫夏米的老清洁工，他曾经替朋友抚育过一个小姑娘。为了给小姑娘解闷，他常常讲故事给她听，其中讲了一个金蔷薇的故事。他告诉她，金蔷薇能使人幸福。后来，这个名叫苏珊娜的小姑娘离开了他，并且长大了。有一天，他们偶然相遇。苏珊娜生活得并不幸福。她含泪说："要是有人送我一朵金蔷薇就好了。"从此以后，夏米就把每天在首饰坊里清扫到的灰尘搜集起来，从中筛选金粉，决心把它们打成一朵金蔷薇。金蔷薇打好了，可是，这时他听说，苏珊娜已经远走美国，不知去向。不久后，人们发现，夏米悄悄地死去了，在他的枕头下放着用皱巴巴的蓝色发带包扎的金蔷薇，散发出一股老鼠的气味。

送给苏珊娜一朵金蔷薇，这是夏米的一个梦想。使我们感到惋惜的是，他终于未能实现这个梦想。也许有人会说：早知如此，他就不必年复一年徒劳地筛选金粉了。可是，我倒觉得，即使夏米的梦想毫无结果，这寄托了他的善良和温情的梦想本身已经足够美好，给他单调的生活增添了一种意义，把他同那些没有任何梦想的普通清洁工区分开来了。

说到梦想，我发现和许多大人真是讲不通。他们总是这样提问题：梦想到底有什么用？在他们看来，一样东西，只要不能吃，不能穿，不能卖钱，就是没有用的。他们比起一则童话故事里的小王子可差远了，这位小王子从一颗星球落在地球的一片沙漠上，感到渴了，寻找着一口水井。他一边寻找，一边觉得沙漠非常美丽，明白了一个道理："使沙漠显得美丽的，是它在什么地方藏着一口水井。"沙漠中的水井是看不见的，我们也许能找到，

也许找不到。可是，正是对看不见的东西的梦想驱使我们去寻找，去追求，在看得见的事物里发现隐秘的意义，从而觉得我们周围的世界无比美丽。

其实，诗、童话、小说、音乐等等都是人类的梦想。印度诗人泰戈尔说得好："如果我小时候没有听过童话故事，没有读过《一千零一夜》和《鲁滨孙漂流记》，远处的河岸和对岸辽阔的田野景色就不会如此使我感动，世界对我就不会这样富有魅力。"英国诗人雪莱肯定也听到过人们指责诗歌没有用，他反驳说：诗才"有用"呢，因为它"创造了另一种存在，使我们成为一个新世界的居民"。的确，一个有梦想的人和一个没有梦想的人，他们是生活在完全不同的世界里的。如果你和那种没有梦想的人一起旅行，你一定会觉得乏味透顶。一轮明月当空，他们最多说月亮像一张烧饼，压根儿不会有"明月几时有，把酒问青天"的豪情。面对苍茫大海，他们只看到一大摊水，绝不会像安徒生那样想到海的女儿，或像普希金那样想到渔夫和金鱼的故事。唉，有时我不免想，与只知做梦的人比，从来不做梦的人是更像白痴的。

世上本无奇迹

《鲁滨孙漂流记》出版两百周年之际，弗吉尼亚·伍尔夫发表感想说，她觉得这本书像是一部万古常新的无名氏作品，而不像是若干年前某个人的精心之作，因此，要庆祝它的生日，就像庆祝史前巨石柱的生日一样令人感到奇怪。这话道出了我们读某些经典名著时的共同感觉。当然，即使在经典名著中，这样的作品也是不多的，而《鲁滨孙漂流记》也许是最有代表性的一部。

故事本身是尽人皆知的，它涉及一桩奇遇：鲁滨孙在荒无人烟的孤岛上生活了二十八年，终于活着回到了人群中。可是，知道这个故事与读这本书完全是两回事。如果你仅仅知道故事梗概而不去读这本书，你将错过最重要的东西。一部伟大的小说，其所以伟大之处不在于故事本身，而在于对故事的叙述。在笛福笔下，鲁滨孙的孤岛奇遇是由许许多多丝毫不是奇遇的具体事件和平凡细节组成的，他只是从容道来，丝毫不加渲染，一切都好像是事情自己在那里发生着。他的叙事语言朴实，准确，宛若自然天成，因此而极有力量，使我们几乎不可能怀疑他所叙述的事情的真实性。我们仿佛身历其境地看到，只身落在荒岛上的鲁滨孙怎样由惊恐而到渐渐适应，在习惯了孤独以后，又怎样因为在沙滩上发现人的脚印而感到新的惊恐。我们看到他为了排除寂寞，怎样辛勤地营建自己的小窝，例如怎样花费四十二天工夫把一棵大树做成一块简陋的搁板。我们会觉得，这一切都是十分真实的，倘若我们落入那个境遇里，也会那样反应和那样做。鲁滨孙能够在孤岛上活下来，靠的不是超自然的奇迹，而是生存本能和一点好运气罢了。

在过去的评论中，人们常常强调笛福是资产阶级的代言人，小说的主旨是鼓吹勤劳求生和致富。在我看来，即使这部小说含有道德训诫的意思，也绝非如此肤浅。在现实生活中，笛福是一个很入世的人，曾经经商、从政、办刊物，在每一个领域都折腾得很厉害，大起大落，最后失败得也很惨，他是一个喜欢折腾又历尽坎坷的人。他自己总结说："谁也没有经受过这么多命运的拨弄，我曾经十三回穷了又富，富了又穷。"到了晚年，他才开始写小说。使我感到有趣的是，就是这样一个人，却借了鲁滨孙的眼光，表达了对俗世的一种超脱和批评的立场。在远离世界并且毫无返回希望的情形下，鲁滨孙发现自己看世界的眼光完全变了。他的眼光的变化，我认为最有价值的是两点。一是对财富的看法。由于他碰巧落在一个物产丰富的岛上，加上他的勤勉，他称得上很富有了。可是他发现，财富再多，所能享受的也只是自己能够使用的部分，而这个部分是非常有限的，其余多出的部分对于他没有任何实际价值。由此他意识到，世人的贪婪乃是出于虚荣，而非出于真实的需要。另一点是对宗教的看法。如果说他还是一个基督徒的话，他的宗教信仰也变得极其单纯了，仅限于从上帝的仁慈中寻求活下去的勇气和安宁的心境。由此他回想人世间宗教上的一切烦琐的争执，看破了它们的毫无意义。我相信在这两点认识中包含着某种基本的真理。世上种种纷争，或是为了财富，或是为了教义，不外乎利益之争和观念之争。当我们身在其中时，我们不免很看重。但是，我们每一个人都迟早要离开这个世界，并且绝对没有返回的希望。在这个意义上，我们不妨也用鲁滨孙的眼光来看一看世界，这会帮助我们分清本末。我们将发现，我们真正需要的物质产品和真正值得坚持的精神原则都是十分有限的，在单纯的生活中包含着人生的真谛。

孤岛遐想是现代人喜欢做的一个游戏。只身一人漂流到了一座孤岛上，这种情景对于想象力是一个刺激。不过，我们的想象力往往底气不足，如果没有某种浪漫的奇迹来救助，便难以为继。最后，也就只好满足于带什么书去读、什么音乐去听之类的小情调而已。在鲁滨孙的孤岛上也没有奇迹。那里不是桃花源，没有乌托邦式的社会实验。那里不是伊甸园，没有女人和艳遇。鲁滨孙在他的孤岛上所做的事情在人类历史上其实是经常发生的，这就是凭借从一个文明社会中抢救出的少许东西，重新开始建立这个文明社会。世上本无奇迹，但世界并不因此而失去了魅力。我甚至相信，人最接近上帝的时刻不是在上帝向人显示奇迹的时候，而是在人认识到世上并无奇迹却仍然对世界的美丽感到惊奇的时候。

人生贵在行胸臆

一

读袁中郎全集，感到清风徐徐扑面，精神阵阵爽快。

明末的这位大才子一度做吴县县令，上任伊始，致书朋友们道："吴中得若令也，五湖有长，洞庭有君，酒有主人，茶有知己，生公说法石有长老。"开卷读到这等潇洒不俗之言，我再舍不得放下了，相信这个人必定还会说出许多妙语。

我的期望没有落空。

请看这一段："天下有大败兴事三，而破国亡家不与焉。山水朋友不相凑，一败兴也。朋友忙，相聚不久，二败兴也。游非及时，或花落山枯，三败兴也。"

真是非常的飘逸。中郎一生最爱山水，最爱朋友，难怪他写得最好的是游记和书信。

不过，倘若你以为他只是个耽玩的倜傥书生，未免小看了他。《明史》记载，他在吴县任上"听断敏决，公庭鲜事"，遂整日"与士大夫谈说诗文，以风雅自命"。可见极其能干，游刃有余。但他是真个风雅，天性耐不得官场俗务，终于辞职。后来几度起官，也都以谢病归告终。

在明末文坛上，中郎和他的两位兄弟是开一代新风的人物。他们的风格，用他评其弟小修诗的话说，便是"独抒性灵，不拘格套，非从自己胸臆流出，不肯下笔"。其实，这话不但说出了中郎的文学主张，也说出了他的人生态度。他要依照自己的真性情生活，活出自己的本色来。他的潇洒绝非表面风流，而是他的内在性灵的自然流露。性者个性，灵者灵气，他实在是个极有个性极有灵气的人。

二

　　每个人一生中，都曾经有过一个依照真性情生活的时代，那便是童年。孩子是天真烂漫，不肯拘束自己的。他活着整个儿就是在享受生命，世俗的利害和规矩暂时还都不在他眼里。随着年龄增长，染世渐深，俗虑和束缚愈来愈多，原本纯真的孩子才被改造成了俗物。

　　那么，能否逃脱这个命运呢？很难，因为人的天性是脆弱的，环境的力量是巨大的。随着童年的消逝，倘若没有一种成年人的智慧及时来补救，几乎不可避免地会失掉童心。所谓大人先生者不失赤子之心，正说明智慧是童心的守护神。凡童心不灭的人，必定对人生有着相当的彻悟。

　　所谓彻悟，就是要把生死的道理想明白。名利场上那班人不但没有想明白，只怕连想也不肯想。袁中郎责问得好："天下皆知生死，然未有一人信生之必死者……趋名骛利，唯日不足，头白面焦，如虑铜铁之不坚，信有死者，当如是耶？"名利的追求是无止境的，官做大了还想更大，钱赚多了还想更多。"未得则前涂为究竟，涂之前又有涂焉，可终究欤？已得则即景为寄寓，寓之中无非寓焉，故终身驰逐而已矣。"在这终身的驰逐中，不再有工夫做自己真正感兴趣的事，接着连属于自己的真兴趣也没有了，那颗以享受生命为最大快乐的童心就这样丢失得无影无踪了。

事情是明摆着的：一个人如果真正想明白了生之必死的道理，他就不会如此看重和孜孜追逐那些到头来一场空的虚名浮利了。他会觉得，把有限的生命耗费在这些事情上，牺牲了对生命本身的享受，实在是很愚蠢的。人生有许多出于自然的享受，例如爱情、友谊、欣赏大自然、艺术创造等等，其快乐远非虚名浮利可比，而享受它们也并不需要太多的物质条件。在明白了这些道理以后，他就会和世俗的竞争拉开距离，借此为保存他的真性情赢得了适当的空间。而一个人只要依照真性情生活，就自然会努力去享受生命本身的种种快乐。用中郎的话说，这叫作："退得一步，即为稳实，多少受用。"

当然，一个人彻悟了生死的道理，也可能会走向消极悲观。不过，如果他是一个热爱生命的人，这一前途即可避免。他反而会获得一种认识：生命的密度要比生命的长度更值得追求。从终极的眼光看，寿命是无稽的，无论长寿短寿，死后都归于虚无。不只如此，即使用活着时的眼光作比较，寿命也无甚意义。中郎说："试令一老人与少年并立，问彼少年，尔所少之寿何在，觅之不得。问彼老人，尔所多之寿何在，觅之亦不得。少者本无，多者亦归于无，其无正等。"无论活多活少，谁都活在此刻，此刻之前的时间已经永远消逝，没有人能把它们抓在手中。所以，与其贪图活得长久，不如争取活得痛快。中郎引惠开的话说："人生不得行胸臆，纵年百岁犹为夭。"就是这个意思。

三

我们或许可以把袁中郎称作享乐主义者，不过他所提倡的乐，乃是合乎生命之自然的乐趣，体现生命之质量和浓度的快乐。在他看来，为了这样的享乐，付出什么代价也是值得的，甚至这代价也成了一种快乐。

有两段话，极能显出他的个性的光彩。

在一处他说，"世人所难得者唯趣"，尤其是得之自然的趣。他举出童子的无往而非趣，山林之人的自在度日，愚不肖的率性而行，作为这种趣的例子。然后写道："自以为绝望于世，故举世非笑之不顾也，此又一趣也。"凭真性情生活是趣，因此遭到全世界的反对又是趣，从这趣中更见出了怎样真的性情！

另一处谈到人生真乐有五，原文太精彩，不忍割爱，照抄如下：

目极世间之色，耳极世间之声，身极世间之鲜，口极世间之谭，一快活也。堂前列鼎，堂后度曲，宾客满席，男女交舄，烛气熏天，珠翠委地，皓魄入帐，花影流衣，二快活也。箧中藏万卷书，书皆珍异。宅畔置一馆，馆中约真正同心友十余人，人中立一识见极高，如司马迁、罗贯中、关汉卿者为主，分曹部署，各成一书，远文唐宋酸儒之陋，近完一代未竟之篇，三快活也。千金买一舟，舟中置鼓吹一部，妓妾数人，游闲数人，泛家浮宅，不知老之将至，四快活也。然人生受用至此，不及十年，家资田产荡尽矣。然后一身狼狈，朝不谋夕，托钵歌妓之院，分餐孤老之盘，往来乡亲，恬不知耻，五快活也。

前四种快活，气象已属不凡，谁知他笔锋一转，说享尽人生快乐以后，一败涂地，沦为乞丐，又是一种快活！中郎文中多这类飞来之笔，出其不意，又顺理成章。世人常把善终视作幸福的标志，其实经不起推敲。若从人生终结看，善不善终都是死，都无幸福可言。若从人生过程看，一个人只要痛快淋漓地生活过，不管善不善终，都称得上幸福了。对于一个洋溢着生命热情的人来说，幸福就在于最大限度地穷尽人生的各种可能性，其中也包括困境和逆境。极而言之，乐极生悲不足悲，最可悲的是从来不曾乐过，一辈子稳稳当当，也平平淡淡，那才是白活了一场。

中郎自己是个充满生命热情的人，他做什么事都兴致勃勃，好像不要命似的。爱山水，便说落雁峰"可值百死"。爱朋友，便叹"以友为性命"。他知道"世上希有事，未有不以死得者"，值得要死要活一番。读书读到会心处，便"灯影下读复叫，叫复读，僮仆睡者皆惊起"，真是忘乎所以。他爱女人，坦陈有"青娥之癖"。他甚至发起懒来也上瘾，名之"懒癖"。

关于癖，他说过一句极中肯的话："余观世上语言无味面目可憎之人，皆无癖之人耳。若真有所癖，将沉湎酣溺，性命死生以之，何暇及钱奴宦贾之事。"有癖之人，哪怕有的是怪癖恶癖，终归还保留着一种自己的真兴趣真热情，比起那班名利俗物来更是一个活人。当然，所谓癖是真正着迷，全心全意，死活不顾。譬如巴尔扎克小说里的于洛男爵，爱女色爱到财产名誉地位性命都可以不要，到头来穷困潦倒，却依然心满意足，这才配称好色，那些只揩油不肯作半点牺牲的偷香窃玉之辈是不够格的。

四

一面彻悟人生的实质，一面满怀生命的热情，两者的结合形成了袁中郎的人生观。他自己把这种人生观与儒家的谐世、道家的玩世、佛家的出世并列为四，称作适世。若加比较，儒家是完全入世，佛家是完全出世，中郎的适世似与道家的玩世相接近，都在入世出世之间。区别在于，玩世是入世者的出世法，怀着生命的忧患意识逍遥世外，适世是出世者的入世法，怀着大化的超脱心境享受人生。用中郎自己的话说，他是想学"凡间仙，世中佛，无律度的孔子"。

明末知识分子学佛参禅成风，中郎是不以为然的。他"自知魔重"，"出则为湖魔，入则为诗魔，遇佳友则为谈魔"，舍不得人生如许乐趣，绝不肯出世。况且人只要生命犹存，真正出世是不可能的。佛祖和达摩舍太子位出家，中郎认为是没有参透生死之理的表现。他批评道："当时便在家何妨，何必掉头不顾，为此偏枯不可训之事？似亦不圆之甚矣。"人活世上，如空中鸟迹，去留两可，无须拘泥区区行藏的所在。若说出家是为了离生死，你总还带着这个血肉之躯，仍是跳不出生死之网。若说已经看破生死，那就不必出家，在网中即可作自由跳跃。死是每种人生哲学不可回避的根本问题。中郎认为，儒道释三家，至少就其门徒的行为看，对死都不甚了悟。儒生"以立言为不死，是故著书垂训"，道士"以留形为不死，是故锻金炼气"，释子"以寂灭为不死，是故耽心禅观"，他们都企求某种方式的不死。而事实上，"茫茫众生，谁不有死，堕地之时，死案已立。"不死是不可能的。

那么，依中郎之见，如何才算了悟生死呢？说来也简单，就是要正视生之必死的事实，放下不死的幻想。他比较赞赏孔子的话："朝闻道，夕死可矣。"一个人只要明白了人生的道理，好好地活过一场，也就死而无憾了。既然死是必然的，何时死，缘何死，便完全不必在意。他曾患呕血之病，担心必死，便给自己讲了这么一个故事：有人在家里藏一笔钱，怕贼偷走，整日提心吊胆，频频查看。有一天携带着远行，回来发现，钱已不知丢失在途中何处了。自己总担心死于呕血，而其实迟早要生个什么病死去，岂不和此人一样可笑？这么一想，就宽心了。

总之，依照自己的真性情痛快地活，又抱着宿命的态度坦然地死，这大约便是中郎的生死观。

未免太简单了一些！然而，还能怎么样呢？我自己不是一直试图对死进行深入思考，而结论也仅是除了平静接受，别无更好的法子？许多文人，对于人生问题做过无穷的探讨，研究过各种复杂的理论，在兜了偌大圈子以后，往往回到一些十分平易质实的道理上。对于这些道理，许多文化不高的村民野夫早已了然于胸。不过，倘真能这样，也许就对了。罗近溪说："圣人者，常人而肯安心者也。"中郎赞"此语抉圣学之髓"，实不为过誉。我们都是有生有死的常人，倘若我们肯安心做这样的常人，顺乎天性之自然，坦然于生死，我们也就算得上是圣人了。只怕这个境界并不容易达到呢！

神圣的好奇心

　　天生万物，人只是其中一物，使人区别于万物的是理性。动物惟求生存，而理性不只是生存的工具，它要求得比生存更多。当理性面对未知时，会产生探究的冲动，要把未知变成知，这就是好奇心。好奇心是理性觉醒和活跃的征兆。在好奇心的推动下，人类仰观天象，俯察地理，思考宇宙，探索万物，于是有了哲学和科学。动物匍匐在尘土之中，好奇心把人类从尘土中超拔出来，成为万物之灵。

　　也许，正是在这个意义上，爱因斯坦把好奇心称为"神圣的好奇心"。

　　好奇心是人的最重要的智力禀赋之一。做父母的都会发现，孩子在幼儿期皆有强烈的好奇心，对事物充满探问的兴趣。我设想，倘若人人能把幼儿期的好奇心保持到成年，世界上会有多少聪明的大脑啊！

　　然而，这几乎是不可能的。如同爱因斯坦所说，"神圣的好奇心"是一株脆弱的嫩苗，它是很容易夭折的。不说别人，就说这位大物理学家本人，他竟也有过好奇心险遭夭折的经历。他自己回忆，他17岁进入苏黎世工业大学，为了应付考试，不得不把许多废物塞进自己的脑袋，其结果是在考试后的整整一年里，他对任何科学问题的思考都失去了兴趣。鉴于这个经历，他如此感叹道："现代的教学方法竟然还没有把研究问题的神圣好奇心完全扼杀掉，真可以说是一个奇迹。"

　　请不要用我们今天应试教育的严酷状况去推测爱因斯坦当年的处境，事实上，他不过是一年之中考试了两次而已，而且他告诉我们，他多数时间是自由的，仅在考试前借来了同学的课堂笔记，死记硬背以应付考试。尽管如此，他的智力兴趣仍然因此受到了严重伤害。

　　爱因斯坦得出结论说：好奇心这株嫩苗，除了需要鼓励外，主要需要自由，强制必然会损害探索的兴趣。

　　大约无须再把今天中国学生——从小学生一直到研究生——所受的强制与爱因斯坦当年所受的那一点儿强制做比较了吧。学校教育当然是不能完全排除强制性考试的，区别在于它在整个教育体制中所处的地位和所占的比重。如果强制性考试成为教学主要的乃至唯一的目的、方法、标准，便是典型的应试教育，而这

正是我们今天的现实。

一般来说，好奇心会随着年龄增长而递减，这几乎是一个规律，即使在最好的教育制度下恐怕也是这样。那些能够永葆好奇心的人不啻是幸存者，而人类的伟大文化创造多半出自他们之手。惟因如此，教育必须十分小心地保护好奇心，为它提供良好的生长环境。我相信，像爱因斯坦这样的天才，其强大的智力禀赋足以战胜任何不良的外部环境，但普通人就没有这么幸运了，一种坏的教育制度的杀伤力几乎是摧毁性的。尤其在基础教育阶段，好奇心这棵嫩苗正处在生长的关键期，一旦受到摧残，后果很可能是不可逆的。

在教育上，好奇心体现为学习的兴趣。所谓兴趣，其主要成分就是智力活动的快乐，包括好奇心获得满足的快乐。一个人做事是出于兴趣，还是出于强制，效果大不一样。出于兴趣做事，心情愉快，头脑处于积极主动的状态，往往事半功倍。出于强制做事，心情沮丧，头脑处于消极被动的状态，往往事倍功半。做一般的事尚且如此，学习就更是如此了。因为学习是纯粹的智力活动，如果学生在学习中不能感受到智力活动本身的快乐，学习就会是百分之百的痛苦。遗憾的是，这正是今天多数学生的状况。

情况本来不该是这样的。人有智力禀赋，这种禀赋需要得到生长和运用，原是人性的天然倾向。学生之所以视学习为莫大的痛苦，原因恰恰在于应试教育不但不是激活，反而是压抑智力活动的，本质上是反智育的。

兴趣应该是智育的第一要素，如果不能激发起学生对知识的兴趣，就谈不上素质教育。强调兴趣在教育中的意义，绝不意味着对学生放任自流，相反，这是一个很高的要求，为此教师必须自己是充满求知兴趣的人，并且善于对学生的兴趣差异予以同情的观察，发现隐藏在其后的能力，真正因材施教。教材也必须改革，提高其智力活动的含量，使之真正能够激发学生探索和思考的兴趣。比如说，哲学教材就不能只是一些教条，而应该能真正启迪学生爱智慧。相比之下，靠重复灌输和强迫记忆标准答案奏效的应试教育真是太偷懒也太省力了，当然，同时也无比辛苦，因为这是一种低水平的简单繁重劳动，教师自己从中也品尝不到丝毫智力乐趣，辛苦成了百分之百的折磨。

多听少说

　　希腊哲人大多讨厌饶舌之徒。泰勒斯说："多言不表明有才智。"喀隆（Chilon）说："不要让你的舌头超出你的思想。"斯多噶派的芝诺说："我们之所以有两只耳朵而只有一张嘴，是为了让我们多听少说。"一个青年向他滔滔不绝，他打断说："你的耳朵掉下来变成舌头了。"

　　每当遇到一个夸夸其谈的人，我就不禁想起芝诺的讽刺。世上的确有一种人，嘴是身上最发达的器官，无论走到哪里，几乎就只带着这一种器官，全部生活由说话和吃饭两件事构成。当今学界多此类人，忙于赶各种场子，在数不清的会上发言，他们虽然仍顶着学者之名，其实是名利场上的说客和食客。

　　多听当然不是什么都听，还须善听。对于思想者来说，听只是思的一种方式。他的耳朵决不向饶舌开放，哪怕是有学问的饶舌。他宁愿听朴素的村语，无忌的童言。他自己多听少说，也爱听那些同样多听少说者的话语。他听书中的先哲之言，听自己的灵魂，听天籁，听无字的神谕。当他说的时候，他仍然在听，用问题引发听者的思考，听思想冲决无知的声音，如同苏格拉底所擅长的那样。

我把少言视为思想者的道德。道理很简单，唯有少言才能多思，思想者没有工夫说废话。而如果你珍惜自己的思想，在表达的时候也必定会慎用语言，以求准确有力。舌头超出思想，那超出的部分只能是废话，必定会冲淡甚至歪曲思想。作为珍爱思想的人，从古希腊开始，哲学家们就异常重视语言表达的技巧，爱利亚的芝诺创立了逻辑学，恩培多克勒创立了修辞学，用意就是要把话说得准确有力，也就是让最少的话包含最多的思想。

第三辑

人生寓言

告别遗体的队伍

　　那支一眼望不到头的队伍缓慢地、肃穆地向前移动着。我站在队伍里，胸前别着一朵小白花，小白花正中嵌着我的照片，别人和我一样，也都佩戴着嵌有自己的照片的小白花。

　　钟表奏着单调的哀乐。

　　这是永恒的仪式，我们排着队走向自己的遗体，同它作最后的告别。我听见有人哭泣着祈祷："慢些，再慢些。"

　　可等待的滋味是最难受，哪怕是等待死亡，连最不怕死的人

也失去耐心了。女人们开始结毛衣，拉家常。男人们互相递烟，吹牛，评论队伍里的漂亮女人。那个小伙子伸手触一下排在他前面的姑娘的肩膀，姑娘回头露齿一笑。一位画家打开了画夹，一位音乐家架起了提琴。现在这支队伍沉浸在一片生气勃勃的喧闹声里了。

可怜的人呵，你们在走向死亡！

我笑笑：我没有忘记。这又怎么样呢？生命害怕单调甚于害怕死亡，仅此就足以保证它不可战胜了。它为了逃避单调必须丰富自己，不在乎结局是否徒劳。

哲学家和他的妻子

哲学家爱流浪，他的妻子爱定居。不过，她更爱丈夫，所以毫无怨言地跟随哲学家浪迹天涯。每到一地，找到了临时住所，她就立刻精心布置，仿佛这是一个永久的家。

"住这里是暂时的，凑合过吧！"哲学家不以为然地说。

她朝丈夫笑笑，并不停下手中的活。不多会儿，哲学家已经舒坦地把身子埋进妻子刚安放停当的沙发里，吸着烟，沉思严肃的人生问题了。

我忍不住打断哲学家的沉思，说道："尊敬的先生，别想了，凑合过吧，因为你在这世界上的居住也是暂时的！"

可是，哲学家的妻子此刻正幸福地望着丈夫，心里想："他多么伟大呵……"

幸福的西绪弗斯

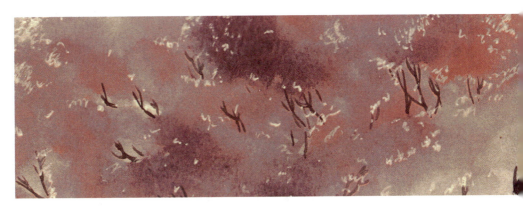

西绪弗斯被罚推巨石上山，每次快到山顶，巨石就滚回山脚，他不得不重新开始这徒劳的苦役。听说他悲观沮丧到了极点。

可是，有一天，我遇见正在下山的西绪弗斯，却发现他吹着口哨，迈着轻盈的步伐，一脸无忧无虑的神情。我生平最怕见到大不幸的人，譬如说身患绝症的人，或刚死了亲人的人，因为对他们的不幸，我既不能有所表示，怕犯忌，又不能无所表示，怕显得我没心没肺。所以，看见西绪弗斯迎面走来，尽管不是传说的那副凄苦模样，深知他的不幸身世的我仍感到局促不安，没想到西绪弗斯先开口了，他举起手，对我喊道：

"喂，你瞧，我逮了一只多漂亮的蝴蝶！"

我望着他渐渐远逝的背影，不禁思忖：总有些事情是宙斯的神威鞭长莫及的，那是一些太细小的事情，在那里便有了西绪弗斯（和我们整个人类）的幸福。

诗人的花园

诗人想到人生的虚无，就痛不欲生。他决定自杀。他来到一片空旷的野地里，给自己挖了一个坟。他看这坟太光秃，便在周围种上树木和花草。种啊种，他渐渐迷上了园艺，醉心于培育各种珍贵树木和奇花异草，他的成就也终于闻名遐迩，吸引来一批又一批的游人。

有一天，诗人听见一个小女孩问她的妈妈：

"妈妈，这是什么呀？"

妈妈回答："我不知道，你问这位叔叔吧。"

小女孩的小手指着诗人从前挖的那个坟坑。诗人脸红了。他想了想，说："小姑娘，这是叔叔特意为你挖的树坑，你喜欢什么，叔叔就种什么。"

小女孩和她的妈妈都高兴地笑了。

我知道诗人在说谎，不过，这一回，我原谅了他。

与上帝邂逅

　　我梦见上帝，他刚睡醒，正蹲在一条小溪边刷牙。这使我感到狼狈，因为白天我还对学生们发议论，说上帝并不存在，他是人的一个梦，没有这个梦，人生就太虚幻了。可现在他明明蹲在那里刷牙。我想躲开，不料上帝已经瞥见了我。

　　"小伙子，别溜，"他狡狯地一笑，说道，"仔细瞧瞧，我是

你的一个梦吗?"

看我不开口,他接着说:"正相反,这个世界,你们人类,连同你,都是我的一个梦!"

这话惹恼了我,我鼓起勇气反驳:"现在你睡醒了,不做梦了,怎么我还在?"

"我还没太睡醒,"他边说边直起身来,伸着懒腰,"等我全醒了,你看还有没有你……"

我忽然觉得我正在变得稀薄,快要消失,心里一惊,从梦中醒了。

第二天上课时,我告诉学生们,幸亏上帝是人的一个梦,如果他真的存在,人生也太虚幻了。

潘多拉的盒子

宙斯得知普罗米修斯把天上的火种偷给了人类，怒不可遏，决定惩罚人类。他下令将女人潘多拉送到人间，并让她随身携带一只密封的盒子作为嫁妆。

我相信新婚之夜发生的事情十分平常。潘多拉受好奇心的驱使，打开了那只盒子，发现里面空无一物，又把它关上了。

可是，男人们却对此传说纷纭。他们说，那天潘多拉打开盒子时，从盒里飞出许多东西，她赶紧关上，盒里只剩下了一样东西。他们一致认为那剩下的东西是希望。至于从盒里飞出了什么东西，他们至今还在争论不休。

有的说：从盒里飞出的全是灾祸，它们撒遍人间，幸亏希望留在我们手中，使我们还能忍受这不幸的人生。

有的说：从盒里飞出的全是幸福，它们逃之夭夭，留在我们手中的希望只是空洞骗人的幻影。

宙斯在天上听到男人们悲观的议论，得意地笑了，他的惩罚已经如愿实施。

天真的潘多拉听不懂男人们的争论，她兀自想道：男人真讨厌，他们对于我的空盒子说了这么多深奥的话，竟没有人想到去买些首饰和化妆品来把它充实。

基里洛夫自杀

　　基里洛夫自杀了。据说他在自杀前曾经宣布："人为了活下去，不自杀，发明了一个上帝。可是我知道并没有上帝，也不可能有，现在我怎么还能活下去？"这么说，他是一个形而上的自杀者了。

　　然而，我不相信一种哲学认识能够摧毁一个人的求生本能。而只要求生本能犹存，在这世界还有所爱恋，一个人就不会单单因为一种哲学原因自杀。即使对终极价值的信仰已经破灭，他还会受求生本能的驱使，替自己建立起一些非终极的价值，并依靠它们生存下去。

　　那么，基里洛夫究竟为何自杀呢？我以法官的身份传讯了此案的唯一证人陀思妥耶夫斯基。

　　"法官先生，"陀思妥耶夫斯基作证道，"我承认基里洛夫只是我的虚构。可是，难道您不认为，生命若没有永恒作担保，它本身是不值得坚持的？"

　　"那么你为什么不自杀呢？"

　　"基里洛夫已经代我这样做了。"

　　我恍然大悟：原来，一切悲观哲人之所以能够在这个形而下的世界上活下去，是因为他们都物色替身演员代替他们在形而上的舞台上死了一回。

抉　择

一个农民从洪水中救起了他的妻子，他的孩子却被淹死了。

事后，人们议论纷纷。有的说他做得对，因为孩子可以再生一个，妻子却不能死而复活。有的说他做错了，因为妻子可以另娶一个，孩子却不能死而复活。

我听了人们的议论，也感到疑惑难决：如果只能救活一人，究竟应该救妻子还是救孩子呢？

于是我去拜访那个农民，问他当时是怎么想的。

他答道："我什么也没想。洪水袭来，妻子在我身边，我抓住她就往附近的山坡游。当我返回时，孩子已经被洪水冲走了。"

归途上，我琢磨着农民的话，对自己说：所谓人生的重大抉择岂非多半如此？

医生、巫婆和佛陀

一个热爱生命的人患了绝症，只有三个月好活了，但他不甘心。第一个月，他怀着一线希望去找医生，因为他首先是一个相信科学的人。他恳求医生运用最先进的科学手段挽救他的生命。医生照例开了药方，并直言奉告，说这些药只能暂时止痛，不能治病，因为他患的是不治之症。

第二个月，他怀着一点侥幸去找巫婆。既然科学不能救他，他就只好指望他一向斥之为迷信的巫术创造奇迹。巫婆口中念念有词，举手在他头顶上比画一阵，然后预言他必能渡过难关。可惜这预言没有灵验，他的病愈发严重了。

第三个月，他自知大限临头，难逃一死，便怀着一颗绝望的心去找佛陀。在这个没有奇迹的世界上，除了哲学和宗教，还有什么能安慰一个濒死的人呢？听佛陀宣讲了一番四谛、八正道的教理之后，他终于在似是而非的彻悟中瞑目了。

生命的得失

一个婴儿刚出生就夭折了。一个老人寿终正寝了。一个中年人暴亡了。他们的灵魂在去天国的途中相遇，彼此诉说起了自己的不幸。

婴儿对老人说："上帝太不公平，你活了这么久，而我却等于没活过。我失去了整整一辈子。"

老人回答："你几乎不算得到了生命，所以也就谈不上失去。谁受生命的赐予最多，死时失去的也最多。长寿非福也。"

中年人叫了起来："有谁比我惨！你们一个无所谓活不活，一个已经活够数，我却死在正当年。把生命曾经赐予的和将要赐予的都失去了。"

他们正谈论着，不觉到达天国门前，一个声音在头顶响起：

"众生啊，那已经逝去的和未曾到来的都不属于你们，你们有什么可失去的呢？"

　　三个灵魂齐声喊道："主啊，难道我们中间没有一个最不幸的人吗？"

　　上帝答道："最不幸的人不止一个，你们全是，因为你们全都自以为所失最多。谁受这个念头折磨，谁的确就是最不幸的人。"

流浪者和他的影子

命运如同一个人的影子，有谁能够摆脱自己的影子呢？

可是，有一天，一个流浪者对于自己的命运实在不堪忍受，便来到一座神庙，请求神允许他和别人交换命运。神说："如果你能找到一个对自己命运完全满意的人，你就和他交换吧。"

按照神的指示，流浪者出发去寻找了。他遍访城市和乡村，竟然找不到一个对自己命运完全满意的人。凡他遇到的人，只要一说起命运，个个摇头叹息，口出怨言。甚至那些王公贵族，达官富豪，名流权威，他们的命运似乎令人羡慕，但他们自己并不满意。事实上，世人所见的确只是他们的命运之河的表面景色，底下许多阴暗曲折唯有他们自己知道。

流浪者终于没有找到一个可以和他交换命运的人。直到今天，他仍然拖着他自己的影子到处流浪。

白兔和月亮

在众多的兔姐妹中，有一只白兔独具审美的慧心。她爱大自然的美，尤爱皎洁的月色。每天夜晚，她来到林中草地，一边无忧无虑地嬉戏，一边心旷神怡地赏月。她不愧是赏月的行家，在她的眼里，月的阴晴圆缺无不独具风韵。

于是，诸神之王召见这只白兔，向她宣布了一个慷慨的决定：

"万物均有所归属。从今以后，月亮归属于你，因为你的赏月之才举世无双。"

白兔仍然夜夜到林中草地赏月。可是，说也奇怪，从前的闲适心情一扫而光了，脑中只绷着一个念头："这是我的月亮！"她牢牢盯着月亮，就像财主盯着自己的金窖。乌云蔽月，她便紧张不安，唯恐宝藏丢失。满月缺损，她便心痛如割，仿佛遭了抢劫。在她的眼里，月的阴晴圆缺不再各具风韵，反倒险象迭生，勾起了无穷的得失之患。

和人类不同的是，我们的主人公毕竟慧心未灭，她终于去拜见诸神之王，请求他撤销了那个慷慨的决定。

孪生兄弟

生和死是一对孪生兄弟。死对他的哥哥眷恋不舍，生走到哪里，他就跟到哪里。可是，生却讨厌他的这个弟弟，避之唯恐不及。尤其使他扫兴的是，往往在举杯纵饮的时候，死突然出现了，把他满斟的酒杯碰落在地，摔得粉碎。

"你这个冤家，当初母亲既然生我，又何必生你，既然生你，又何必生我！"生绝望地喊道。

"好哥哥，别这么说。没有我，你岂不寂寞？"死心平气和地说。

"永远不！"

"可是你想想，如果没有我和你竞争，你的享乐有何滋味？如果没有我同台演出，你的戏剧岂能精彩？如果没有我给你灵感，你心中怎会涌出美的诗歌，眼前怎会展现美的图画？"

"我宁可寂寞，也不愿见到你！"

"好哥哥，这可办不到。母亲怕你寂寞，才嘱我陪伴你。我这个孝子怎能不从母命？"

于是生来到大自然母亲面前，请求她把可恶的弟弟带走，别让他再纠缠自己。然而，大自然是一位大智大慧的母亲，决不迁就儿子的任性。生只好服从母亲的安排，但并不领会如此安排的好意，所以对死始终怀着一种无可奈何的怨恨心情。

小公务员的死

某机关有一个小公务员，一向过着安分守己的日子。有一天，他忽然得到通知，一位从未听说过的远房亲戚在国外死去，临终指定他为遗产继承人。那是一爿价值万金的珠宝商店。小公务员欣喜若狂，开始忙碌地为出国做种种准备。待到一切就绪，即将动身，他又得到通知，一场大火焚毁了那爿商店，珠宝也丧失殆尽。小公务员空欢喜一场，重返机关上班。但他似乎变了一个人，整日愁眉不展，逢人便诉说自己的不幸。

"那可是一笔很大的财产啊，我一辈子的薪水还不及它的零头呢。"他说。

同事们原先都嫉妒得要命，现在一齐怀着无比轻松的心情陪着他叹气。唯有一个同事非但不表同情，反而嘲笑他自寻烦恼。

"你不是和从前一样，什么也没有失去吗？"那个同事问道。

"这么一大笔财产，竟说什么也没有失去！"小公务员心疼得叫起来。

"在一个你从未到过的地方，有一爿你从未见过的商店遭了火灾，这与你有什么关系呢？"

"可那是我的商店呀！"

那个同事哈哈大笑，于是被别的同事一致判为幸灾乐祸的人。据说不久以后，小公务员死于忧郁症。

姑娘和诗人

一个姑娘爱上了一个诗人。姑娘富于时代气息，所以很快就委身于诗人了。诗人以讴歌女性和爱情闻名于世，然而奇怪，姑娘始终不曾听到他向她表白爱情。有一天，她终于问他："你爱我吗？"

他沉默了一会儿，答道：

"这个问题，或者是不需要问的，或者是不应该问的。"

姑娘黯然了。不久后，诗人收到她寄来的绝交信，只有一句话：

"你的那些诗，或者是不需要写的，或者是不应该写的。"

但诗人照旧写他的爱情诗，于是继续有姑娘来向他提出同一个问题。

幸免者的哄笑

我们排成整齐的横队。队列的正前方，一个长官手持测笑器，威严地盯视着我们。思考着这整个可笑的场面，我憋不住想笑，可是我不敢。谁若被测笑器测出一丝笑容，就得自动走出队列，脱下裤子，接受五十皮鞭的处罚。

我用双眼的余光窥视左右，发现队伍里个个都憋着笑，但个个都拼命装出一副严肃的面容。确实不是闹着玩的，谁也不能担保自己不成为那个倒霉鬼。

突然，听见长官厉声喊我的名字，我顿知事情不妙，机械地迈步走出队列。这时候，我的背后爆发出了一阵哄笑。回过头去，只见队伍里个个都用幸灾乐祸的眼光看着我。这使我愤怒了。我记得我并没有笑，而这些可怜虫，他们自己不也随时有可能无辜受罚吗？

"我没有笑！"我抗议。

　　然而长官却不分青红皂白，命令我脱裤子。我拒绝了。长官大怒，当即改判我死刑，在一片哄笑声中向我举起了手枪。

　　砰的一声，我醒了，原来是个梦。最近我老做噩梦。

落难的王子

有一个王子，生性多愁善感，最听不得悲惨的故事。每当左右向他禀告天灾人祸的消息，他就流着泪叹息道："天哪，太可怕了！这事落到我头上，我可受不了！"

可是，厄运终于落到了他的头上。在一场突如其来的战争中，他的父王被杀，母后受辱自尽，他自己也被敌人掳去当了奴隶，受尽非人的折磨。当他终于逃出虎口时，他已经身罹残疾，从此以后流落异国他乡，靠行乞度日。

我是在他行乞时遇到他的，见他相貌不凡，便向他打听身世。听他说罢，我早已泪流满面，发出了他曾经发过的同样的叹息：

"天哪，太可怕了，这事落到我头上，我可受不了！"

谁知他正色道——

"先生，请别说这话。凡是人间的灾难，无论落到谁头上，谁都得受着，而且都受得了——只要他不死。至于死，就更是一件容易的事了。"

　　落难的王子撑着拐杖远去了。有一天，厄运也落到了我的头上，而我的耳边也响起了那熟悉的叹息：

　　"天哪，太可怕了……"

清高和嫉妒

两个朋友在小酒店里喝酒，聊起了他们的一个熟人。

在任何世道，小人得志、下流胚走运是寻常事。他们的这个熟人既然钻营有术，理应春风得意。他升官、发财、成名、留洋，应有尽有。还有一打左右的姑娘向他奉献了可疑的贞操和可靠的爱情——姑娘们从来都真心诚意地热爱成功的男人。

其中一个朋友啪地放下酒杯，激动地说："我打心眼里蔑视这种人！"接着有力地抨击了世风的败坏和人心的堕落，雄辩地论证了精神生活的高贵和身外之物的卑俗。最后，尽管他对命运的不公大表义愤，但仍以哲学家的风度宣布他爱他的贫困寂寞的命运。

显然，他是一个非常清高的人。由于他的心灵暗暗受着嫉妒的折磨，更使他的清高有了一种悲剧色彩。

另一个朋友慢慢呷着杯里的酒，懒洋洋地问道："可是，那个家伙的事和你有什么关系呢？"

微不足道的事情

　　有一个善于反省的人，在他生命中的某一天，突然省悟到自己迄今所做的全是微不足道的事情。他想到生命的短暂，不禁为自己虚度了宝贵的光阴而痛心。于是他暗暗发誓，从此一定要万分珍惜光阴，用剩余的生命做成一件最有价值的事情。

　　许多年过去了，我们的这位朋友始终忠于自己的誓言，不做任何微不足道的事情。他一直在寻找那件足以使他感到不虚此生的最有价值的事情。可是，他没有找到。生命太宝贵了，无论用

它来做什么都有点儿可惜。结果，他什么事也没有做，既没有做微不足道的事情，也没有做最有价值的事情。而他的宝贵的生命，却照样在这无所事事中流逝而去。

终于有一天，他又一次反省自己，不愿再这样无所事事地生活；人活着总得做点什么，既然找不到最有价值的事情，就只好做微不足道的事情。所以，现在他怀着一种宿命的安乐心情做着种种微不足道的事情。

第四辑 谈读书

人与书之间

　　弄了一阵子尼采研究，不免常常有人问我："尼采对你的影响很大吧？"有一回我忍不住答道："互相影响嘛，我对尼采的影响更大。"其实，任何有效的阅读不仅是吸收和接受，同时也是投入和创造。这就的确存在人与他所读的书之间相互影响的问题。我眼中的尼采形象掺入了我自己的体验，这些体验在我接触尼采著作以前就已产生了。

　　近些年来，我在哲学上的努力似乎有了一个明确的方向，就是要突破学院化、概念化状态，使哲学关心人生根本，把哲学和诗沟通起来。尼采研究无非为我的追求提供了一种方便的学术表达方式而已。当然，我不否认，阅读尼采著作使我的一些想法更清晰了，但同时起作用的还有我的气质、性格、经历等因素，其中包括我过去的读书经历。

　　有的书改变了世界历史，有的书改变了个人命运。回想起来，书在我的生活中并无此类戏剧性效果，它们的作用是日积月累的。我说不出对我影响最大的书是什么，也不太相信形形色色的"世界之最"。我只能说，有一些书，它们在不同方面引起了我的强烈共鸣，在我的心灵历程中留下了痕迹。

中学毕业时，我报考北大哲学系，当时在我就学的上海中学

算爆了个冷门，因为该校素有重理轻文传统，全班独我一人报考文科，而我一直是班里数学课代表，理科底子并不差。同学和老师差不多用一种怜悯的眼光看我，惋惜我误入了歧途。我不以为然，心想我反正不能一辈子生活在与人生无关的某个专业小角落里。怀着囊括人类全部知识的可笑的贪欲，我选择哲学这门"凌驾于一切科学的科学"，这门不是专业的专业。

然而，哲学系并不如我想象的那般有意思，刻板枯燥的哲学课程很快就使我厌烦了。我成了最不用功的学生之一，"不务正业"，耽于课外书的阅读。上课时，课桌上摆着艾思奇编的教科书，课桌下却是托尔斯泰、陀思妥耶夫斯基、屠格涅夫、易卜生等等，读得入迷。老师课堂提问点到我，我站起来问他有什么事，引得同学们哄堂大笑。说来惭愧，读了几年哲学系，哲学书没读几本，读得多的却是小说和诗。我还醉心于写诗，写日记，积累感受。现在看来，当年我在文学方面的这些阅读和习作并非徒劳，它们使我的精神趋向发生了一个大转变，不再以知识为最高目标，而是更加珍视生活本身，珍视人生的体悟。这一点认识，对于我后来的哲学追求是重要的。

我上北大正值青春期，一个人在青春期读些什么书可不是件小事，书籍、友谊、自然环境三者构成了心灵发育的特殊氛围，其影响毕生不可磨灭。幸运的是，我在这三方面遭遇俱佳，卓越的外国文学名著、才华横溢的挚友和优美的燕园风光陪伴着我，启迪了我的求真爱美之心，使我愈发厌弃空洞丑陋的哲学教条。如果说我学了这么多年哲学而仍未被哲学败坏，则应当感谢文学。

我在哲学上的趣味大约是受文学熏陶而形成的。文学与人生有不解之缘，看重人的命运、个性和主观心境，我就在哲学中寻找类似的东西。最早使我领悟哲学之真谛的书是古希腊哲学家的一本著作残篇集，赫拉克利特的"我寻找过自己"，普罗塔哥拉的"人是万物的尺度"，苏格拉底的"未经思索的人生不值得一过"，犹如抽象概念迷雾中耸立的三座灯塔，照亮了久被遮蔽的哲学古老航道。我还偏爱具有怀疑论倾向的哲学家，例如笛卡尔、休谟，因为他们教我对一切貌似客观的绝对真理体系怀着戒心。可惜的是，哲学家们在批判早于自己的哲学体系时往往充满怀疑精神，一旦构筑自己的体系却又容易陷入独断论。相比之下，文学艺术作品就更能保持多义性、不确定性、开放性，并不孜孜于给宇宙和人生之谜一个终极答案。

长期的文化禁锢使得我这个哲学系学生竟也无缘读到尼采或其他现代西方人的著作。上学时，只偶尔翻看过萧乾译的《查拉图斯特拉如是说》，因为是用文言翻译，译文艰涩，未留下深刻印象。直到大学毕业以后很久，才有机会系统阅读尼采的作品。我的确感觉到一种发现的喜悦，因为我对人生的思考、对诗的爱好以及对学院哲学的怀疑都在其中找到了呼应。一时兴发，我搞起了尼采作品的翻译和研究，而今已三年有余。现在，我正准备同尼采告别。

读书犹如交友，再情投意合的朋友，在一块耽得太久也会腻味的。书是人生的益友，但也仅止于此，人生的路还得自己走。在这路途上，人与书之间会有邂逅、离散、重逢、诀别、眷恋、反目、共鸣、误解，其关系之微妙，不亚于人与人之间，给人生添上了如许情趣。也许有的人对一本书或一位作家一见倾心，爱之弥笃，乃至白头偕老。我在读书上却没有如此坚贞专一的爱情。倘若临终时刻到来，我相信使我含恨难舍的不仅有亲朋好友，还一定有若干册体己好书。但尽管如此，我仍不愿同我所喜爱的任何一本书或一位作家厮守太久，受染太深，丧失了我自己对书对人的影响力。

读书的癖好

　　人的癖好五花八门，读书是其中之一。人但凡有了一种癖好，也就有了看世界的一种特别眼光，甚至有了一个属于他的特别的世界。不过，和别的癖好相比，读书的癖好能够使人获得一种更为开阔的眼光，一个更加丰富多彩的世界。我们也许可以据此把人分为有读书癖的人和没有读书癖的人，这两种人生活在很不相同的世界上。

　　比起嗜书如命的人来，我只能勉强算作一个有一点读书癖的人。根据我的经验，人之有无读书的癖好，在少年甚至童年时便已见端倪。那是一个求知欲汹涌勃发的年龄，不必名著佳篇，随便一本稍微有趣的读物就能点燃对书籍的强烈好奇。回想起来，使我发现书籍之可爱的不过是上小学时读到的一本普通的儿童读物，那里面讲述了一个淘气孩子的种种恶作剧，逗得我不停地捧腹大笑。从此以后，我对书不再是视若不见，而是刮目相看了，我眼中有了一个书的世界，看得懂看不懂的书都会使我眼馋心痒，我相信其中一定藏着一些有趣的事情，等待我去见识。随着年龄增长，所感兴趣的书的种类当然发生了很大的变化，对书的兴趣则始终不衰。现在我觉得，一个人读什么书诚然不是一件次要的事情，但前提还是要有读书的爱好，而只要真正爱读书，就迟早会找到自己的书中知己的。

读书的癖好与所谓刻苦学习是两回事，它讲究的是趣味。所以，一个认真做功课和背教科书的学生，一个埋头从事专业研究的学者，都称不上是有读书癖的人。有读书癖的人所读之书必不限于功课和专业，毋宁说更爱读课外和专业之外的书籍，也就是所谓闲书。当然，这并不妨碍他对自己的专业发生浓厚的兴趣，做出伟大的成就。英国哲学家罗素便是一个在自己的专业上做出了伟大的成就的人，然而，正是他最热烈地提倡青年人多读"无用的书"。其实，读"有用的书"即教科书和专业书固然有其用途，可以获得立足于社会的职业技能，但是读"无用的书"也并非真的无用，那恰恰是一个人精神生长的领域。从中学到大学到研究生，我从来不是一个很用功的学生，上课偷读课外书乃至逃课是常事。我相信许多人在回首往事时会和我有同感：一个人的成长基本上得益于自己读书，相比之下，课堂上的收获显得微不足道。我不想号召现在的学生也逃课，但我国的教育现状确实令人担忧。中小学本是培养对读书的爱好的关键时期，而现在的中小学教育却以升学率为唯一追求目标，为此不惜将超负荷的功课加于学生，剥夺其课外阅读的时间，不知扼杀了多少孩子现在和将来对读书的爱好。

那么，一个人怎样才算养成了读书的癖好呢？我觉得倒不在于读书破万卷，一头扎进书堆，成为一个书呆子。重要的是一种感觉，即读书已经成为生活的基本需要，不读书就会感到欠缺和不安。宋朝诗人黄山谷有一句名言："三日不读书，便觉语言无味，面目可憎。"林语堂解释为：你三日不读书，别人就会觉得你语言无味，面目可憎。这当然也说得通，一个不爱读书的人往往是乏味的因而不让人喜欢的。不过，我认为这句话主要还是说自己的感觉：你三日不读书，你就会自惭形秽，羞于对人说话，觉得没脸见人。如果你有这样的感觉，你就必定是个有读书癖的人了。

有一些爱读书的人，读到后来，有一天自己会拿起笔来写书，我也是其中之一。所以，我现在成了一个作家，也就是以写作为生的人。我承认我从写作中也获得了许多快乐，但是，这种快乐并不能代替读书的快乐。有时候我还觉得，写作侵占了我的读书的时间，使我蒙受了损失。写作毕竟是一种劳动和支出，而读书纯粹是享受和收入。我向自己发愿，今后要少写多读，人生几何，我不该亏待了自己。

直接读原著

叔本华在《作为意志和表象的世界》第二版序中说："只有从那些哲学思想的首创人那里，人们才能接受哲学思想。因此，谁要是向往哲学，就得亲自到原著那肃穆的圣地去找永垂不朽的大师。"对于每一个有心学习哲学的人，我要向他推荐叔本华的这一指点。

叔本华是在谈到康德时说这句话的。在康德死后两百年，我们今天已经能够看明白，康德在哲学中的作用真正是划时代的，根本扭转了西方哲学的发展方向。近两百年西方哲学的基调是对整个两千年西方形而上学传统的反省和背叛，而这个调子是康德一锤敲定的。叔本华从事哲学活动时，康德去世不久，但他当时即已深切地感受到康德哲学的革命性影响。用他的话说，那种效果就好比给盲人割治翳障的手术，又可看作"精神的再生"，因为它"真正排除掉了头脑中那天生的、从智力的原始规定而来的实在论"，这种实在论"能教我们搞好一切可能的事情，就只不能搞好哲学"。使他恼火的是当时在德国占据统治地位的是黑格尔哲学，青年们的头脑已被其败坏，无法再追随康德的深刻思路。因此，他号召青年们不要从黑格尔派的转述中，而要从康德的原著中去了解康德。

叔本华一生备受冷落，他的遭遇与和他同时代的官方头号哲学家黑格尔形成鲜明对照。但是，因此把他对黑格尔的愤恨完全解释成个人的嫉妒，我认为是偏颇的。由于马克思的黑格尔派渊源，我们对于黑格尔哲学一向高度重视，远在康德之上。这里不是讨论这个复杂问题的地方，我只想指出，至少叔本华的这个意见是对的：要懂得康德，就必须去读康德的原著。广而言之，我们要了解任何一位大哲学家的思想，都必须直接去读原著，而不能通过别人的转述，哪怕这个别人是这位大哲学家的弟子、后继者或者研究他的专家和权威。我自己的体会是，读原著绝对比读相关的研究著作有趣，在后者中，一种思想的原创力量和鲜活生命往往被消解了，只剩下了一副骨架，躯体某些局部的解剖标本，以及对于这些标本的博学而冗长的说明。

常常有人问我，学习哲学有什么捷径，我的回答永远是：有的，就是直接去读大哲学家的原著。之所以说是捷径，是因为这是唯一的途径，走别的路只会离目的地越来越远，最后还是要回到这

条路上来。能够回来算是幸运的呢，常见的是丧失了辨别力，从此迷失在错误的路上了。有一种普遍的误解，即认为可以从各种哲学教科书中学到哲学，似乎哲学最重要最基本的东西都已经集中在这些教科书里了。事实恰恰相反，且不说那些从某种确定的教条出发论述哲学和哲学史的教科书，它们连转述也称不上，我们从中所能读到的东西和哲学毫不相干。即使那些认真的教科书，我们也应记住，它们至多是转述，由于教科书必然要涉及广泛的内容，其作者不可能阅读全部的相关原著，因此它们常常还是转述的转述。一切转述都必定受转述者的眼界和水平所限制，在第二手乃至第三手、第四手的转述中，思想的原创性递减，平庸性递增，这么简单的道理应该是无须提醒的吧。

哲学的精华仅仅在大哲学家的原著中。如果让我来规划哲学系的教学，我会把原著选读列为唯一的主课。当然，历史上有许多大哲学家，一个人要把他们的原著读遍，几乎是不可能的，也

是不必要的。以一本简明而客观的哲学史著作为入门索引，浏览一定数量的基本原著，这个步骤也许是省略不掉的。在这过程中，如果没有一种原著引起你的相当兴趣，你就趁早放弃哲学，因为这说明你压根儿对哲学就没有兴趣。倘非如此，你对某一个大哲学家的思想发生了真正的兴趣，那就不妨深入进去。可以期望，无论那个大哲学家是谁，你都将能够通过他而进入哲学的堂奥。不管大哲学家们如何观点相左，个性各异，他们中每一个人都必能把你引到哲学的核心，即被人类所有优秀的头脑所思考过的那些基本问题，否则就称不上是大哲学家了。

叔本华有一副愤世嫉俗的坏脾气，他在强调读原著之后，接着就对只喜欢读第二手转述的公众开骂，说由于"平庸性格的物以类聚"，所以"即令是伟大哲人所说的话，他们也宁愿从自己的同类人物那儿去听取"。在我们的分类表上，叔本华一直是被排在坏蛋那一边的，加在他头上的恶名就不必细数了。他肯定不属于最大的哲学家之列，但算得上是比较大的哲学家。如果我们想真正了解他的思想，直接读原著的原则同样适用。尼采读了他的原著，说他首先是一个真实的人。他自己也表示，他是为自己而思考，绝不会把空壳核桃送给自己。我在他的著作中的确捡到了许多饱满的核桃，如果听信教科书中的宣判而不去读原著，把它们错过了，岂不可惜。

经典和我们

我的读书旨趣，第一是把人文经典当作主要读物，第二是用轻松的方式来阅读。

读什么书，取决于为什么读。人之所以读书，无非有三种目的。一是为了实际的用途，例如因为职业的需要而读专业书籍，因为日常生活的需要而读实用知识。二是为了消遣，用读书来消磨时光，可供选择的有各种无用而有趣的读物。三是为了获得精神上的启迪和享受，如果是出于这个目的，我觉得读人文经典是最佳选择。

人类历史上产生了那样一些著作，它们直接关注和思考人类精神生活的重大问题，因而是人文性质的，同时其影响得到了许多世代的公认，已成为全人类共同的财富，因而又是经典性质的。我们把这些著作称作人文经典。在人类精神探索的道路上，人文经典构成了一种伟大的传统，任何一个走在这条路上的人都无法忽视其存在。

　　认真地说，并不是随便读点什么都能算是阅读的。譬如说，我不认为背功课或者读时尚杂志是阅读。真正的阅读必须有灵魂的参与，它是一个人的灵魂在一个借文字符号构筑的精神世界里的漫游，是在这漫游途中的自我发现和自我成长，因而是一种个人化的精神行为。什么样的书最适合于这样的精神漫游呢？当然是经典，只要我们翻开它们，便会发现里面藏着一个个既独特又完整的精神世界。

　　一个人如果并无精神上的需要，读什么倒是无所谓的，否则就必须慎于选择。也许没有一个时代拥有像今天这样多的出版物，然而，很可能今天的人们比以往任何时候都阅读得少。在这样的时代，一个人尤其必须懂得拒绝和排除，才能够进入真正的阅读。这是我主张坚决不读二三流乃至不入流读物的理由。

　　图书市场上有一件怪事，别的商品基本上是按质论价，唯有图书不是。同样厚薄的书，不管里面装的是垃圾还是金子，价钱都差不多。更怪的事情是，人们宁愿把可以买回金子的钱用来买垃圾。至于把宝贵的生命耗费在垃圾上还是金子上，其间的得失就完全不是钱可以衡量的了。

　　古往今来，书籍无数，没有人能够单凭一己之力从中筛选出最好的作品来。幸亏我们有时间这位批评家，虽然它也未必绝对智慧和公正，但很可能是一切批评家中最智慧和最公正的一位，多么独立思考的读者也不妨听一听它的建议。所谓经典，就是时间这位批评家向我们提供的建议。

对经典也可以有不同的读法。一个学者可以把经典当作学术研究的对象，对某部经典或某位经典作家的全部著作下考证和诠释的功夫，从思想史、文化史、学科史的角度进行分析。这是学者的读法。但是，如果一部经典只有这一种读法，我就要怀疑它作为经典的资格，就像一个学者只会用这一种读法读经典，我就要断定他不具备大学者的资格一样。唯有今天仍然活着的经典才配叫作经典，它们不但属于历史，而且超越历史，仿佛有一颗不死的灵魂在其中永存。正因为如此，在阅读它们时，不同时代的个人都可能感受到一种灵魂觉醒的惊喜。在这个意义上，经典属于每一个人。

作为普通人，我们如何读经典？我的经验是，无论《论语》还是《圣经》，无论柏拉图还是康德，不妨就当作闲书来读。也就是说，阅读的心态和方式都应该是轻松的。千万不要端起做学问的架子，刻意求解。读不懂不要硬读，先读那些读得懂的、能够引起自己兴趣的著作和章节。这里有一个浸染和熏陶的过程，所谓人文修养就是这样熏染出来的。在不实用而有趣这一点上，读经典的确很像是一种消遣。事实上，许多心智活泼的人正是把这当作最好的消遣的。能否从阅读经典中感受到精神的极大愉悦，这差不多是对心智品质的一种检验。不过，也请记住，经典虽然属于每一个人，但永远不属于大众。我的意思是说，读经典的轻松绝对不同于读大众时尚读物的那种轻松。每一个人只能作为有灵魂的个人，而不是作为无个性的大众，才能走到经典中去。如果有一天你也陶醉于阅读经典这种美妙的消遣，你就会发现，你已经距离一切大众娱乐性质的消遣多么遥远。

经典是人类精神财富的一个宝库，它就在我们身旁，其中的财富属于我们每一个人。阅读经典，就是享用这笔宝贵的财富。凡是领略过此种享受的人都一定会同意，倘若一个人活了一生一世，从未踏进这个宝库，那是遭受了多么巨大的损失啊。

做一个真正的读者

　　读者是一个美好的身份。每个人在一生中会有各种其他的身份，例如学生、教师、作家、工程师、企业家等，但是，如果不同时也是一个读者，这个人就肯定存在着某种缺陷。一个不是读者的学生，不管他考试成绩多么优秀，本质上不是一个优秀的人才。一个不是读者的作家，我们有理由怀疑他作为作家的资格。在很大程度上，人类精神文明的成果是以书籍的形式保存的，而读书就是享用这些成果并把它们据为己有的过程。质言之，做一个读者，就是加入到人类精神文明的传统中去，做一个文明人。在某种意义上，一个民族的精神素质取决于人口中高趣味读者的比例。相反，对于不是读者的人来说，凝聚在书籍中的人类精神财富等于不存在，他们不去享用和占有这笔宝贵的财富，一个人唯有在成了读者以后才会知道，这是多么巨大的损失。历史上有许多伟大的人物，在他们众所周知的声誉背后，往往有一个人所不知的身份，便是终身读者，即一辈子爱读书的人。

然而，一个人并不是随便读点什么就可以称作读者的。在我看来，一个真正的读者应该具备以下特征：

第一，养成了读书的癖好。也就是说，读书成了生活的必需，真正感到不可缺少，几天不读书就寝食不安，自惭形秽。如果你必须强迫自己才能读几页书，你就还不能算是一个真正的读者。当然，这种情形绝非刻意为之，而是自然而然的，是品尝到了阅读的快乐之后的必然结果。事实上，每个人天性中都蕴涵着好奇心和求知欲，因而都有可能依靠自己去发现和领略阅读的快乐。遗憾的是，当今功利至上的教育体制正在无情地扼杀人性中这种最宝贵的特质。在这种情形下，我只能向有识见的教师和家长反复呼吁，请你们尽最大可能保护孩子的好奇心，能保护多少是多少，能抢救一个是一个。我还要提醒那些聪明的孩子，在达到一定年龄之后，你们要善于向现行教育争自由，学会自我保护和自救。

第二，形成了自己的读书趣味。世上书籍如汪洋大海，再热衷的书迷也不可能穷尽，只能尝其一瓢，区别在于尝哪一瓢。读书是一件非常私人的事情，喜欢读什么书，不论范围是宽是窄，都应该有自己的选择，体现了自己的个性和兴趣。其实，形成个人趣味与养成读书癖好是不可分的，正因为找到了和预感到了书中知己，才会锲而不舍，欲罢不能。没有自己的趣味，仅凭道听途说东瞧瞧，西翻翻，连兴趣也谈不上，遑论癖好。针对当今图书市场的现状，我要特别强调，千万不要追随媒体的宣传只读一些畅销书和时尚书，倘若那样，你绝对成不了真正的读者，永远只是文化市场上的消费大众而已。须知时尚和文明完全是两回事，一个受时尚支配的人仅仅生活在事物的表面，貌似前卫，本质上却是一个野蛮人，唯有扎根于人类精神文明土壤中的人才是真正的文明人。

　　第三，有较高的读书品位。一个真正的读者具备基本的判断力和鉴赏力，仿佛拥有一种内在的嗅觉，能够嗅出一本书的优劣，本能地拒斥劣书，倾心好书。这种能力部分地来自阅读的经验，但更多地源自一个人灵魂的品质。当然，灵魂的品质是可以不断提高的，读好书也是提高的途径，二者之间有一种良性循环的关系。重要的是一开始就给自己确立一个标准，每读一本书，一定要在精神上有收获，能够进一步开启你的心智。只要坚持这个标准，灵魂的品质和对书的判断力就自然会同步得到提高。一旦你的灵魂足够丰富和深刻，你就会发现，你已经上升到了一种高度，不再能容忍那些贫乏和浅薄的书了。

　　能否成为一个真正的读者，青少年时期是关键。经验证明，一个人在这个时期倘若没有养成读好书的习惯，以后再要培养就比较难了，倘若养成了，则必定终身受用。青少年对未来有种种美好的理想，我对你们的祝愿是，在你们的人生蓝图中千万不要遗漏了这一种理想，就是立志做一个真正的读者，一个终身读者。

爱书家的乐趣

一

上大学时，一位爱书的同学有一天突然对我说："谁知道呢，也许我们一辈子别无成就，到头来只是染上了戒不掉的书癖。"我从这自嘲中听出一种凄凉，不禁心中黯然。诚然，天下之癖，无奇不有，嗜书不过是其中一癖罢了。任何癖好，由旁人观来，都不免有几分可笑，几分可悲，书癖也不例外。

有一幅题为《书痴》的版画，画面是一间藏书室，四壁书架直达天花板。一位白发老人站在高高的梯凳顶上，肋下、两腿间都夹着书，左手持一本书在读，右手从架上又抽出一本。天花板有天窗，一缕阳光斜射在他的身上和书上。

如果我看见这幅画，就会把它揣摩成一幅善意的讽刺画。偌大世界，终老书斋的生活毕竟狭窄得可怜。

然而，这只是局外人的眼光，身在其中者会有全然不同的感想。叶灵凤先生年轻时见到这幅画，立刻"深刻地迷恋着这张画面上所表现的一切"，毫不踌躇地花费重金托人从辽远的纽约买来了一张原版。

读了叶先生的三集《读书随笔》，我能理解他何以如此喜欢这幅画。叶先生自己就是一个"书痴"，或用他的话说，是一位"爱书家"，购书、藏书、品书几乎成了他毕生的主要事业。他完完全全是此道中人，从不像我有时用局外人的眼光看待书痴。他津津乐道和书有关的一切，举凡版本印次，书中隽语，作家轶事，文坛掌故，他都用简洁的笔触娓娓道来，如数家珍。借他的书，我仿佛不仅参观了他的藏书室，而且游览了他的既单纯又丰富的精神世界，领略了一位爱书家的生活乐趣。于是我想，人生在世的方式有千百种，而每个人只能选择一种，说到底谁的生活都是狭窄的。一个人何必文垂千秋，才盖天下，但若能品千秋之文，善解盖世之才，也就算不负此生了。尤当嗜权嗜物恶癖风行于世，孰知嗜书不是一种洁癖，做爱书家不是淡泊中的一种执着，退避中的一种追求呢？

二

叶先生自称"爱书家"，这可不是谦辞。在他眼里，世上合格的爱书家并不多。学问家务求"开卷有益"，版本家挑剔版本格式，所爱的不是书，而是收益或古董。他们都不是爱书家。

爱书家的读书，是一种超越了利害和技术的境界。就像和朋友促膝谈心，获得的是精神上的安慰。叶先生喜欢把书比作"友人"或"伴侣"。他说常置案头的"座右书"是些最知己的朋友，又说翻开新书的心情就像在寂寞的人生旅途上为自己搜寻新的伴侣，而随手打开一本熟悉的书则像是不期而遇一位老友。他还借吉辛之口叹息那些无缘再读一遍的好书如同从前偶然邂逅的友人，倘若临终时记起它们，"这最后的诀别之中将含着怎样的怅惜"！可见爱书家是那种把书和人生亲密无间地结合起来的人，书在他那里有了生命，像活生生的人一样牵扯着他的情怀，陪伴着他的人生旅程。

凡是真正爱书的人，想必都领略过那种澄明的心境。夜深人静，独坐灯下，摊开一册喜欢的书，渐觉尘嚣远遁，杂念皆消，忘却了自己也获得了自己。然而，这种"心境澄澈的享受"不易得。对于因为工作关系每天离不开书的职业读书人来说，更是难乎其难。就连叶先生这样的爱书家也觉得自己常常"并非在读书，而是在翻书、查书、用书"，以至在某个新年给自己许下大愿："今年要少写多读。如果做不到，那么，就应该多读多写。万万不能只写不读。"

　　这是因为以读书为精神的安慰和享受，是需要一种寂寞的境遇的。由于寂寞，现实中缺少或远离友人，所以把书当友人，从书中找安慰。也由于寂寞，没有纷繁人事的搅扰，所以能沉醉在书中，获得澄明的享受。但寂寞本身就不易得，这不仅是因为社会的责任往往难于坚辞，而且是因为人性中固有不甘寂寞的一面。试看那些叫苦不迭的忙人，一旦真的门庭冷落，清闲下来，我担保十有八九会耐不住寂寞，缅怀起往日的热闹时光。大凡人只要有法子靠实际的交往和行动来排遣寂寞，他就不肯求诸书本。只有到了人生的逆境，被剥夺了靠交往和行动排遣寂寞的机会，或者到了人生的困境，怀着一种靠交往和行动排遣不了的寂寞，他才会用书来排遣这无可排遣的寂寞。如此看来，逆境和困境倒是有利于读书的。叶先生说："真正的爱书家和藏书家，他必定是一个在广阔的人生道上尝遍了哀乐，而后才走入这种狭隘的嗜好以求慰藉的人。"我相信这是叶先生的既沉痛又欣慰的自白。一个人终于成了爱书家，多半是无缘做别的更显赫的家的结果，但他也品尝到了别的更显赫的家所无缘品尝的静谧的快乐。

三

爱书家不但嗜爱读书，而且必有购书和藏书的癖好。那种只借书不买书的人是称不上爱书家的。事实上，在书的乐趣中，购和藏占了相当一部分。爱书的朋友聚到一起，说起自己购得一本好书时的那份得意，听到别人藏有一本好书时的那股羡慕，就是明证。

叶先生对于购书的癖好有很准确的描述："有用的书，无用的书，要看的书，明知自己买了也不会看的书，无论什么书，凡是自己动了念要买的，迟早总要设法买回来才放心。"由旁人看来，这种锲而不舍的购书欲简直是偏执症，殊不料它成了书迷们的快乐的源泉。购书本身是一种快乐，而寻购一本书的种种艰难曲折似乎化为价值添加到了这本书上，强化了购得时的快乐。

书生多穷，买书时不得不费斟酌，然而穷书生自有他的"穷开心"。叶先生有篇文字专谈逛旧书店的种种乐趣，如今旧书业萧条已久，叶先生谈到的诸如"意外的发现"之类的乐趣差不多与我们无缘了。然而，当我们偶尔从旧书店或书市廉价买到从前想买而错过或嫌贵而却步的书时，我们岂不也感到过节一般的快乐，那份快乐简直不亚于富贾一举买下整座图书馆的快乐？自己想来不禁哑然失笑，因为即使在购买别的商品时占了大十倍的便宜，我们也绝不会这般快乐。

由于在购书过程中倾注了心血，交织着情感，因此，爱书的人即使在别的方面慷慨大度，对于书却总不免有几分吝啬。叶先生曾举一例：中国古代一位藏书家在所藏每卷书上都盖印曰"借书不孝"，以告诫子孙不可借书与人。这当然是一个极端的例子，但我们每个爱书的人想必都体会过借书与人时的复杂心情，尤其是自己喜欢的书，一旦借出，就朝夕盼归，万一有去无回，就像死了一位亲人一样，在心中为它筑了一座缅怀的墓。可叹世上许多人以借钱不还为耻，却从不以借书不还为耻，其实在借出者那里，后者给他造成的痛苦远超过前者，因为钱是身外之物，书却是他的生命的一部分。

爱书家的藏书，确是把书当作了他的生命的一部分。叶先生发挥日本爱书家斋藤昌三的见解，强调"书斋是一个有机体"，因为它是伴随主人的精神历程而新陈代谢，不断生长的。在书斋与主人之间，有一个共生并存的关系。正如叶先生所说："架上的书籍不特一本一本的跟收藏人息息相关，而且收藏人的生命流贯其中，连成一体。"这与某些"以藏书的丰富和古版的珍贵自满"的庸俗藏书家是大异其趣的。正因如此，一旦与主人断绝了关系，书斋便解体，对于别人它至多是一笔财产，而不再是一个有机体。那位训示子孙以"借书不孝"的藏书家昧于这层道理，所以一心要保全他的藏书，想借此来延续他死后的生命。事实上，无论古今，私人书斋是难于传之子孙的，因为子孙对它已不具有它的主人曾经具有的血肉相连的感情。这对于书斋主人来说，倒不是什么了不得的憾事，既然生命行将结束，那和他生死与共的书斋的使命应该说是圆满完成了。

四

叶先生的《读书随笔》不单论书的读、购、藏，更多的篇幅还是论他所读过的一本本具体的书，以及爱书及人，论他所感兴趣的一个个具体的作家。其中谈及作家的奇癖乖行，例如十九世纪英国作家的吸鸦片成风，纪德的同性恋及其在作品中的自我暴露，普鲁斯特的怕光、怕冷、怕声音乃至于要穿厚大衣点小灯坐在隔音室里写作，这些固可博人一笑。但是，谈及人和书的命运的那些篇什又足令人扼腕叹息。

作家中诚有生前即已功成名就、人与书俱荣的幸运儿，然更不乏穷困潦倒一生、只留下身后名的苦命人。诗人布莱克毕生靠雕版卖艺糊口，每当家里分文不名，他的妻子便在吃饭时放一只空餐盆在他面前，提醒他拿起刻刀挣钱。汤普生在一家鞋店做帮工，穷得买不起纸，诗稿都写在旧账簿和包装纸上。吉辛倒是生前就卖文为生，但入不敷出，常常挨饿，住处简陋到没有水管，

每天只好潜入图书馆的盥洗室漱洗，终遭管理员发现而谢绝。只是待到这些苦命作家撒手人间，死后终被"发现"，生前连一碗粥、一片面包也换不到的手稿便突然价值千金，但得益的是不相干的后人。叶先生叹道："世上最值钱的东西是作家的原稿，但是同时也是最不值钱的。"人亡书在，书终获好运，不过这好运已经和人无关了。

作家之不能支配自己的书的命运，还有一种表现，就是有时自己寄予厚望的作品被人遗忘，不经意之作却得以传世。安徒生一生刻意经营剧本和长篇小说，视之为大树，而童话只是他在余暇摆弄的小花小草，谁知正是这些小花小草使他在文艺花园里获得了不朽地位。笛福青壮年时期热衷于从政经商，均无成就，到六十岁屈尊改行写小说，不料《鲁滨孙漂流记》一举成名，永垂史册。

真正的好作品，不管如何不受同时代人乃至作者自己的重视，它们在文化史上大抵终能占据应有的地位。里尔克说罗丹的作品像海和森林一样，有其自身的生命，而且随着岁月继续在生长中。这话也适用于为数不多的好书。绝大多数书只有短暂的寿命，死在它们的作者前头，和人一起被遗忘了。只有少数书活得比人长久，乃至活在世世代代的爱书家的书斋里——也就是说，被组织进他们的有机体，充实了他们的人生。

爱书家的爱书纯属个人爱好，不像评论家的评书是一种社会责任，因而和评论家相比，爱书家对书的选择更不易受权势或时尚左右。历史上常常有这样的情形：一本好书在评论界遭冷落或贬斥，却被许多无名读者热爱和珍藏。这种无声的评论在悠长的岁月中发挥着作用，归根结底决定了书籍的生命。也许，这正是爱书家们在默默无闻中对于文化史的一种参与！

我的读书旨趣

　　我的读书旨趣有三个特点。第一，虽然我的专业是哲学，但我的阅读范围不限于哲学，始终喜欢看"课外书"，而我从文学作品和各类人文书籍中同样学到了哲学。第二，虽然我的阅读范围很宽，但对书籍的选择很挑剔，以读经典名著为主，其他的书只是随便翻翻，对媒体宣传的畅销书完全不予理睬。第三，虽然读的是经典名著，但我喜欢把它们当作闲书来读，不端做学问的架子，而我确实在读经典名著中得到了最好的消遣。我的经验告诉我，大师绝对比追随者可爱无比也更加平易近人，直接读原著是通往智慧的捷径。这就像在现实生活中，真正的伟人总是比那些包围着他们的秘书和仆役更容易接近，困难恰恰在于怎样冲破这些小人物的阻碍。可是，在阅读中不存在这样的阻碍，经典名著就在那里，任何人想要翻开都不会遭到拒绝，那些爱读平庸书籍的人其实是自甘于和小人物周旋。

　　直接与大师交流，结识和欣赏人类历史上那些最优秀的灵魂，真是人生莫大的享受。有时候，我会拿起笔来，写下自己的收获，这就是我的写作。所以，我的写作实际上是我的阅读的一个延伸。曾有人问我，阅读和写作在我的生活中各扮演什么角色，我脱口说：阅读是我的情人，写作是我的妻子。事后一想，对这句话可有多种理解。妻子是由情人转变过来的，我的写作是由我的阅读转变过来的，这是一解。阅读是浪漫的精神游历，写作是日常的艰苦劳动，这又是一解。最后，鉴于写作已成为我的职业，我必须警惕不让它排挤掉阅读的时间，倘若我写得多读得少，甚至只写不读，我的写作就会沦为毫无生气的职业习惯，就像没有爱情的婚姻一样。对于我来说，这是最重要的一解，我要铭记不忘。

名著在名译之后诞生

当今图书市场上的一个显著现象是，由于世界文学经典名著已无版权问题，出版成本低，而对这类书的需求又是持续不断的，销售有保证，因此，为了赚取利润，许多书商包括一些出版社匆忙上阵，纷纷组织对原著毫无研究的译手快速制作，甚至抄袭拼凑，出现了大量选题重复、粗制滥造的所谓名著译本。问题的严重性在于，这些粗劣制品的泛滥必定会对大批青少年读者造成误导，甚至从此堵塞了他们走向真正的世界文学的道路。

从什么样的译本读名著，这可不是一件小事。在一定的意义上可以说，名著是在名译之后诞生的。当然，这不是说，在有好的中译本之前，名著在作者自己的国家和在世界上也不存在。然而，确确实实的，对于不能直接读原著的读者来说，任何一部名著都是在有了好译本之后才开始存在的。譬如说，有了朱生豪的译本，莎士比亚才在中国诞生，有了傅雷的译本，罗曼·罗兰才在中国诞生，有了叶君健的译本，安徒生才在中国诞生，有了汝龙的译本，契诃夫才在中国诞生，如此等等。毫无疑问，有了名译并不意味着不能再有新的译本，只要新的译本真正好，仍会得到公认而成为新的名译，例如在朱生豪之后，梁实秋所译的莎士比亚，在郭沫若之后，绿原所译的《浮士德》，也都同样成了名译。可是，我想特别强调的是，一部名著如果没有好的译本，却有了坏的译本，那么，它就不但没有在中国诞生，相反可以说是未出生就被杀死了。坏译本顶着名著的名义，实际上所展示的是译者自己的低劣水平，其后果正是剥夺了原著在读者心目中本应占有的光荣位置，代之以一个面目全非的赝品。尤其是一些现代名著，包括哲学社会科学方面的重要著作，到了某些译者手下竟成了完全不知所云的东西。遇见这种情形，我们可以有把握地断定，正由于这些译者自己读不懂原著，结果便把无人读得懂的译本给了大家。只要我们直接去读原著，一定会发现原著其实明白易懂得多。

一部译著之能够成为名译，绝不是偶然的。从前的译家潜心于翻译某一个作家的作品，往往是出于真正的喜爱乃至偏爱，以至于终生玩味之，不但领会其神韵，而且浸染其语言风格，所以能最大限度地提供汉语的对应物。傅雷有妙论：理想的译文仿佛是原作者的中文写作。钱钟书谈到翻译的"化"境时引述了一句话，与傅雷所言有异曲同工之妙：好的译作仿佛是原著的投胎转世。我想，之所以能够达于这个境界，正是因为喜爱，在喜爱的阅读中被潜移默化，结果原作者的魂好像真的投胎到这个译者身上，不由自主地说起中文来了。这样产生的译著成功地把世界名著转换成了我们民族的精神财富，于是能够融入我们的文化进程，世代流传下去。名译之为名译，此之谓也。在今天这个浮躁的时代，这样的译家是越来越稀少了。常见的情形是，首先瞄准市场的行情，确定选题，然后组织一批并无心得和研究的人抢译，快速占领市场。可以断言，用这种方式进行翻译，哪怕译的是世界名著，如此制作出来的东西即使不是垃圾，至多也只是迟早要被废弃的代用品罢了。

我的好书观

我心目中的好书有以下特点：

一、读了以后，会使我产生强烈的冲动，自己也想写点什么，哪怕所写的东西表面上与这本书似乎毫无关系。它给我的是一种氛围，一种心境，使我仿佛置身于一种合宜的气候里，心中潜藏的种子因此发芽破土了。

二、一本好书会唤醒我的血缘本能，使我辨认出我的家族渊源。书籍世界里是存在亲族谱系的，同谱系中的佼佼者既让我引以自豪，也刺激起了我的竞争欲望，使我也想为家族争光。

三、遥远谱系中的好书不会使我产生仿效和竞争的欲望，但会使我感到欣赏的愉悦，就像欣赏一种陌生的异国风光。

四、有分量的好书往往使人的精神发生变化，在多数情况下是继续生长，变得茁壮和丰盈，在少数情况下是摧毁然后重建。

五、卡尔维诺列举经典作品的特征，有两点最为精辟：一部经典作品是一本每次重读都像初读那样带来发现的书；一部经典作品是一本即使初读也好像是在重温的书。可以用这两个尺度来鉴定那些最好的好书，即伟大的书。

阅读与成长

——2010 年 12 月 14 日于北京一零一中学的讲座

今天我和大家谈谈读书的问题，我可以算读了一辈子的书，就谈谈我的体会。

一个中学怎么样才算好学校？一般的评价标准就是看你的升学率，升入名校的比例，这也可以作为一个标准。但是我觉得仅仅这个标准是不够的，我看一个学校，还要看它课外的阅读做得好不好，我觉得这一点更加重要。在我看来，一个学生怎么样算是素质高呢？我归纳了两条，第一是他有快乐学习的能力，喜欢学习，对知识充满兴趣，第二是有自主学习的能力，他不但对知识感兴趣，而且知道自己的兴趣在什么地方，他能够按照自己的兴趣来安排自己的学习，我觉得这样的学生是素质高的。那么这种爱学习、会学习、有自学的能力表现在什么地方，很大的一个表现就是他绝对不会仅仅局限于功课，他一定会有自己阅读的爱好，有自己爱好的方向，一定是这样的。所以在我看来，一个学校如果说是好学校的话，就是课外的阅读、学生的自主阅读占的比重高，喜欢课外阅读、有自主阅读能力的学生多，我就觉得这样的学校是一个好学校，它培养出来的不仅仅是能考试的学生，而是素质真正高的学生。

同学们现在正在人生最美妙的时期，就是青春期，青春期有一件最美妙的事情，是什么呢？就是谈恋爱。（笑声）我回忆我的青春期，比较明确的是在北大的时候。我上北大17岁，进了北大以后，有一天突然发现，世界上有这么多漂亮的姑娘（笑声），当时的感觉就是这个世界太美好了，人生太美好了，感到一定有一件非常美好的但是我还不太清楚的事情在等着我，但是这一等就等了很多年，其实我谈恋爱很晚。不过，我说的恋爱不是狭义的，不只是男女之间的卿卿我我，青春期最奇妙的感觉是什么？你看世界、看人生都是一种恋爱的心情，你是和整个世界谈恋爱，和整个人生谈恋爱，眼中的一切充满了魅力，这种心情是最奇妙的。那么在这里面有一项就是对书籍，也是怀着这种恋爱的心情。我当时就是这样，好像突然发现了一个书的世界，这心情和发现了女孩子的漂亮是一样的。青春期的阅读真的有一种恋爱的特征，它是非常纯洁的，没有功利的考虑，它又是非常痴迷的，如痴如醉，而且也像恋爱一样，在阅读的过程中充满着奇遇，有一天突然发现一本好书，一个自己喜欢的作家，那种激动，那种快乐，难以形容。

我是在上海中学上的高中，我们的阅览室墙上贴了一些励志的名言，给我印象特别深的是高尔基的一句话："我扑在书籍上，就好像一个饥饿的人扑在面包上一样。"我觉得这句话把我当时的心情说得太准确了。同学们要知道，像这样充满热情的、纯洁而又痴迷的青春期的阅读，以后很难再有了。等到你成年以后，你也可能仍然是一个爱读书的人，但是往往会有功利、事务、疲劳来干扰，你要承担生活的压力，要应付很多事情，很难像现在这样纯粹而痴迷地读书了。如果说青春期的阅读像恋爱，恋爱是很纯粹的，那么，成年人的阅读就有点像婚姻，婚姻可能就比较功利。我可以说是一个爱读书的人，但是我回忆真的不像高中的时候、大学一二年级的时候那样，拿起一本书就忘掉了一切，这恐怕是没有办法的。

所以，同学们一定要珍惜这段时光。一个人在成长的阶段有没有过这种青春期的阅读，对他后来的影响会非常大。你只要看一看有些人，他们走出校门以后再也不读书了，最多是读一点专业书，或者是怎么炒股、怎么养生的书，你就知道是怎么回事了，这些人肯定是不曾有过青春期阅读的经历的。没有阅读习惯的人，他的世界是很狭隘的，其实很可怜。相反，你如果有过这种经历，

你在高中、大学期间真正品尝到了阅读的快乐，从此养成了阅读的习惯，那你是一辈子受益的。

阅读和成长之间有一种内在的联系。青少年时期是成长的关键时期，所谓的成长，不但是身体上的成长，更是精神上的成长。精神上的成长，要靠精神的营养，而且应该是好的精神营养，是安全的、健康的食品，里面没有三聚氰胺之类，这就是好的书籍。一个人精神成长的这个关键时期，同时也正是培养阅读习惯和品位的关键时期，这两个关键时期之间一定有一种内在的联系。一个人在这个时候没有养成读书的习惯和品位，不爱读书，或者只读一些平庸的书，精神上就会发育不良。如果在这个时候养成了读书的习惯和品位，就为一生的精神发展打下了基础。

人类的精神财富主要是以书籍的形式保存下来的，书籍是人类的精神生活传统的主要载体。什么叫做精神成长？我们每一个个体，你的精神生活和精神成长是不能脱离人类精神生活的传统的，把你放在孤岛上，和人类的精神传统隔绝，你是不可能有真正的精神生活的。你必须进入到人类精神生活的传统中去，进行学习和思考，在这个过程中，你的精神就成长起来了，越来越丰满了。那么，人类精神生活传统的主要载体就是书籍，所以阅读是精神成长的最重要的源泉和过程。

人生的目标应该是什么？我觉得我们真正要追求的无非是两

个东西，一个是优秀，一个是幸福。优秀和幸福都和青少年时期的精神成长有密切的关系，精神成长得好是一个基础。在青少年时期，一个人的身体在成长，精神也在快速地成长，心灵里在发生着重大的变化，是人生一个关键的时期。如果在这个时期你的精神成长得好，你就为一辈子的优秀打下了基础。人生的幸福，其中最重要的部分是精神方面的享受，也取决于你的精神成长得好不好。所以，在青少年时期通过阅读让精神成长得好，真的就关系到你以后能否优秀和幸福。

　　精神的成长，具体来说有哪些方面？哲学家们把人的精神属性相对地分为三个方面，就是智力、情感和道德。我们学校里的教育，从精神层面上说，相应的就有三种教育。一是智育，就是智力教育，不光是学习知识，目标是智力的成长，拥有自由的头脑。二是美育，不光是培养画画、唱歌之类的技艺，美育是情感教育，是心灵的成长，拥有丰富的心灵。三是德育，也不是表面的规范性教育，德育是灵魂教育，目标是灵魂的成长，拥有善良、高贵的灵魂。今天时间有限，我重点说说前两个方面。

　　先讲智力的成长。我们在学校里学习，大量的时间是花在智育上面的，包括学习各门知识。但是我觉得，智育的目标应该是培养自由的、活泼的头脑，这比学习知识更加关键。无论是课内学习，还是课外阅读，主要的目标都应该是让自己具备良好的智力品质。一个学生的智力品质好不好，看什么？最重要的智力品质是什么？我一直认为是两个东西，一个是好奇心，一个是独立思考的能力。好奇心就是对世界、对知识充满兴趣，如果没有，智力从根底上就是有缺陷的，将来的发展是很有限的。好奇心针对具体的现象，要弄清楚现象背后的原因，我们就有了科学。好奇心针对整个宇宙和人生，要弄清楚世界的本质和人生的意义，我们就有了哲学。哲学不只是一门学科，而是人类应该有也必然有的一种品格。作为一个人，要追问世界和人生的真相，要活得明白，不愿意糊里糊涂地活，这是理所当然的。

孩子都是有好奇心的，会提出许多问题。孩子的好奇心比大人强，你们的好奇心比我强，我相信你们小时候的好奇心又比现在强。我从我女儿身上看得很清楚，她好奇心最强烈的时候是四五岁的时候，那时候会提出很多问题，其中一大部分是真正的哲学问题，我觉得非常可贵。我绝对不会像某些家长那样，孩子一提这种问题就说你不要胡思乱想，你要去想有用的问题。什么叫有用？想这种好像无用的问题，其实标示了一种精神的高度。所谓有用特别功利，对于学生无非就是考试和升学，对于民族无非就是经济效益。我觉得我们民族的问题就出在这里，不重视精神本身的价值，对什么问题都要问有用没用，没用的问题就不要去想。

西方人文精神有一个基本价值取向，就是精神价值本身就是价值，你不要问它有什么用，哲学的追问也好，科学的研究也好，本身就体现了人的伟大，是人类高级属性的满足。为什么人的高级属性的满足要用低级属性的满足，所谓的有用，用物质的效用来衡量呢？这不是颠倒了吗？我相信，那些真正为人类文化做出了重大贡献的人，他们都是好奇心的幸存者，他们的好奇心没有被功利心扼杀掉。

另外一点就是独立思考的能力。你不能对什么都好奇，但是对什么都不去深入地研究。有的人好像兴趣广泛，但对什么都浅尝辄止，结果一事无成。我认为这不是真正有好奇心，起码只是很弱的好奇心。真正有好奇心，一定是一种挑战的感觉，要自己去解开这个谜，用自己的头脑去寻找答案，把未知变为知，而这就是独立思考。

智力品质的这两点，具体到教育上、学习上，就是我前面说过的快乐学习的能力和自主学习的能力。首先是喜欢学习，学习本身就是快乐的事情，然后是知道自己的兴趣方向在哪里，能够按照自己的兴趣方向来安排自己的学习。做到了这两点，就是合格的学生。

好奇心和独立思考能力也好，快乐学习和自主学习能力也好，概括起来说，就是一种智力活动的兴趣和习惯。一个人通过高中的学习，大学的学习，最后要造就一个什么东西？就是这个智力活动的兴趣和习惯。你喜欢智力活动，你擅长智力活动，你的智力始终是活跃的，你有一个自由的头脑，这是最重要的，最后具体搞什么专业并非最重要的。一个人品尝到了智力活动的快乐，从此养成了智力活动的习惯，他喜欢学习、思考、研究，智力活动几乎成了他的本能，成了他的生活的第一需要，这样的人才叫知识分子，我相信这样的人无论在哪个领域一定是有作为的。并不是有学历、有文凭就算知识分子。说实话，有学历、有文凭的人里能够称得上知识分子的并不多，很多人离开学校以后就基本上没有智力活动了，这是很可悲的。

所以，一定要珍惜在学校里的这一段时间，真正养成对学习的爱好和自学的能力，这是一辈子受用的，光考试好没有用。一个人的学习是一辈子的事情，学校不过是一个打基础的地方，而且主要不是打具体知识的基础，是打智力品质的基础。你喜欢学习，并且知道了自己兴趣和能力之所在，以后来日方长，慢慢地积累，会越来越深厚的。在这方面我体会很深，我大部分的东西都是后来学的，在学校学的东西并不多，占的比例很小。但是在高中和大学的时候，我觉得非常幸运的一点是养成自学的习惯了，大部分时间都是在自学，也就是课外阅读，只用少量的时间来对付功课。我认为，真正的学习都是自学，不管你上的是不是名校，有自学能力的都是好学生，相反的就不是好学生。你有自学的能力，学校里的学习就只是一个开端，出了校门你会一辈子学习。你只是跟着老师和课程亦步亦趋，没有自学的能力，一出校门你的学习也就结束了，不会有更大的发展了，无非是找份工作，运气好就找到一份钱多的工作，这样的人生美好吗？我觉得不美好，挺可怜的。

我特别强调一点，就是你们现在在学校里，包括以后上大学，在智力的成长上要达到一个什么样的目标，你们心里一定要清楚，主动权掌握在你自己手中，要看清楚这一点。一个学校有好老师、好校长，有一个好的教育环境，这当然很幸运，现在我们大部分学校的孩子是不幸运的，大部分学校是跟着应试教育走的，孩子们学习得不快乐，更不要说自主学习了。但是，无论作为一个学校，还是作为一个个体，想自由的话总是能够争取到一定的自由的。

我当年进北大的时候，本以为进了最高学府一定能学到很多知识，但很快发现事实并非如此，如果我跟着课程跑的话学不到什么。我们那个时候和现在不一样，现在的问题是太功利化，包括课程的设计也是功利化，那时候是政治化、意识形态化。我就想一定要掌握学习的主动权，那时候我基本上是二三百人的大课就逃课（笑声），反正发现不了，小课一个班 25 个人，逃课肯定会被发现，旷课多少节是要被开除的，我可不愿意被开除，基本上是老师在上面讲课，我在下面看自己的书，有一回我看得入迷的时候，老师提问叫我的名字，我站起来问"干什么"（笑声），全班哄堂大笑。

我想说的是，不管在什么情况下，学习是你自己的事情，你要当学习的主人，不要被教材和课程拖着走，要学会自己管理自己的学习，这是一种非常重要的能力。你将来在进一步的学习上、在事业上有没有成就，这是很关键的一点。现在这个社会对于年轻人来说是很严峻的，生存压力这么大，但是自主权还是在你自己手上。你将来有没有自己真正的事业，这一点取决于你，而不是取决于环境。我敢断定，那些完全被应试教育支配的学生，将来很可能是不会有自己的事业的。

接下来讲心灵的成长。人不但有认识能力，凭了你的智力和知识在社会上做事，人还有情感，要有心灵生活。我们在同一个世界上生活，但是如果你的内心状态不一样的话，实际上你眼中的世界是不一样的。一个内心贫乏的人，他看到的世界也是贫乏的，无非是车子、房子和钱，而一个内心丰富的人对世界会有很多微妙的感受。

为了有丰富的内心世界，一个重要的途径就是阅读，主要是读人文书籍，包括哲学、宗教、文学、历史等。心灵的成长是情感品质的成长，就是美育，我今天没有讲灵魂的成长，道德品质的成长，就是德育，实际上好的人文书籍都含有这两个方面的内容，展现一个既丰富又高贵的精神世界。读人文书籍是没有专业之分的，不管你以后从事什么专业都应该读，只要你愿意你内心丰富而高贵就都要读，内心的丰富和高贵是通过读这些精神导师的书熏陶出来的。我还喜欢读一些真正的精神大师，那些大哲学家、大宗教家、大艺术家、大文豪，他们的自传或者传记，我觉得读了真的有启迪的作用，应该怎样做人，你会感到一个人拥有丰富的心灵和高贵的灵魂，这比什么都好。

对于今天的年轻人，我特别强调要少上网，多把时间花在读书上面。上网去看那些八卦新闻，去聊天，你想一想做了这些事情以后，对你的精神生长有没有好处？我觉得一点好处也没有。反正我是舍不得花时间在这上面的，我的孩子也不做这些事情。应该把时间用在让自己的精神真正得到成长上面，那就应该去读书。人类的精神财富最主要的存在方式就是书籍，对这一点我坚信不疑，网络无论如何不能取代书籍。当然网络有它的好处，造成了传播方式的革命，推进了信息的公开化和政治的民主化。但是，网络对人们的精神生活也产生了很大的负面作用，导致了阅读的碎片化、交流的表面化。你整天泡在网上做一个网虫，老是去和陌生人聊天，我真的觉得意义不大。不能用聊天来取代自己独处和思考，后者是更重要的，能使你的灵魂变得深刻。你光是上网啊，看一些网络小说啊，聊天啊，我断定你一定会变得越来越肤浅。

要多读书，而且一定要读好书。一个人真正能够用来读书的时间是非常有限的，可以说读书是我的职业，但是我也觉得好书读不完啊，既然这样，你怎么还可以花时间去读那些比较差的书、那些平庸的书呢？什么是好书？当然每个人会有自己的判断，我的标准是明确的，就是真正能让你得到精神上的愉悦和提高，使你在精神上变得更加丰富和深刻。老有人让我开书单，我说我开不出来，因为阅读是个人的精神生活，每个人的书单肯定是不一样的。但是有一条，我说你可以把选择的范围主要放在经典名著上面。我读书基本是读经典名著，不妨说基本是读死人的书，活人的书读得很少。现在出的书太多了，怎么去甄别啊？可能看了很多平庸的书才遇到一本好书，但已经浪费了很多时间。经典名著是时间这个最权威、最公正的批评家帮你选出来的，我发现真的没有上当，确实有最大的精神含量。西方从古希腊开始，中国从《春秋》、从孔子开始，你从古今中外的经典著作里面去选适合于你的书，你读了会喜欢的书。哪怕经典著作也是读不完的，所以我建议大家还是把时间尽可能地花在这上面。

有的人说经典著作太难读了，一开始你可能会这样感觉，这有一个过程，我相信只要你读进去了，就会发现其实并不难读。大师就是大师，真正的大师是平易近人的，他不会故弄玄虚，一定是要真实地传达自己的思想，只有平庸的作家才故弄玄虚，因为他没有真货色。我们读经典也应该有一种平实的态度，不要端起架子来做学问，不要去死抠字眼和含义。我觉得我们语文课有个特别可笑的东西，就是让你去分析课文的段落大意、主题思想等等，这个真可笑，对提高你的语文水平一点用处也没有，恰恰起到相反的作用。我的文章就常常被用来做这种测试的题目（笑声），我因此遭受不白之冤，有好些孩子骂我，说我让他们吃了这么多的苦。有一回，我的一个朋友的孩子，一个高中女孩，拿来了一份测试卷子，是我的一篇文章，题目叫做《人的高贵在于灵魂》，我不知道你们做过没有。（听众回答：做过。）她说周伯伯你自己做一下（笑声），我就做了，她按照标准答案给我打分，69分，我自己的文章我都看不懂了，她很高兴我的分数比她还低，她得了71分。（笑声）不能这样读书，语文课主要是培养你的阅读兴趣和能力，你的写作兴趣和能力，就这两条。可以分析范文，但是应该着重个人的独立见解，不可能有标准答案的，你理解得有意思，哪怕是你自己的发挥，也没有关系，从范文中引发出你自己的真实的感受和思考，把它们表述出来，这就是合格和优秀。

　　我自己觉得，读书时最愉快的感觉、最感到有收获的是什么？肯定不是去分析所读的那本书的全部内容，而是突然发现作者表达的某个思想我也有，但是他表达得非常好，引发我去进一步思考。这是一种自我发现，是你本来已经有的东西被唤醒了，这是最愉快的，是最大的收获。你自己本来完全没有这个东西，那本书把这个东西表达得再好，你读的时候也是不会有感觉的。所以，在阅读的过程中，你对文本的反应是你内心已有的东西的一种表现，而不仅仅是在理解一个客观的东西。把阅读当作一个纯粹客观的接受过程，那是最笨的、最无效的。事实上，你内在的积累越深厚、越丰富，阅读的过程就越愉快、越有效。如果你把阅读时被唤醒的东西表达出来，这就是写作了。你们看我的很多文章，实际上都是读了某本书以后写的，但是我绝不是在分析那本书，我是在说读了以后被唤醒的东西，这个东西才有意思，我觉得我也可以说一说这个东西，甚至可以说得更好，这样的文章往往我自己特别满意，读者也喜欢。

　　这是阅读，另外我觉得要让内心丰富，还有一个重要途径就是写作。我认为本真意义上的阅读和写作都是非职业的，应该属于每一个关注心灵生活的人，你们将来即使读理工科也应该写。并不是说读人文书籍只是学者的事情，写作只是作家的事情，其实我成为作家是非常偶然的，我在上学的时候根本没有想到有一天会成为一个所谓作家，但是我不当作家也一定会写。我的写作是从写日记开始的，我从小就写日记，到高中和大学的时候，基本上是天天写，一天写好几页。我一直说，从高中到大学，我就两门主课，一门是看课外书，还有一门就是写日记。是很可惜，大学四年级的时候，"文化大革命"爆发了，有两件事情刺激了我。一个是我的好朋友郭世英，直到现在还不知道是自杀还是被害，非正常死亡，我当时很绝望，觉得一切都没意思了。还有一个是北大武斗，抄家成风，对立派把你的日记抄成大字报，说是反动日记，把你拉出来斗，如果我的日记被抄出来，肯定就是反动日记了。因为这两个刺激，我把全部日记都毁掉了。不过，写日记的习惯还是改不掉，离开北大后又写了。对于我来说，写日记不是要不要坚持的问题，已经成了本能，非写不可。

面对中学生的时候，我总是提一个建议，就是要养成写日记的习惯。你们现在正处在人生的早晨，以后的日子还很长，你们要记住，一个人最宝贵的东西就是你的经历，是你在经历中的感受和思考。无论是现在，还是在将来的生活中，你们会有快乐，也会有苦恼，会有顺利的时候，也会有受挫的时候，会遇到喜欢的人，也会遇到讨厌的人，一个人外部的经历可以说有的是正面的，有的是反面的。但是，我觉得，通过写日记，你可以把所有的经历包括似乎反面的经历都转变成你的财富。大家都在一天天过日子，但是有的人是用心在过，有的人他的心不在场，灵魂不在场，结果是大不一样的。写日记的作用是在鞭策你，督促你，让你的灵魂在场。写日记的时候，实际上是你的灵魂在审视你的经历，对那些有意义的经历给予肯定，把它留住。养成了这样的习惯，当你生活的时候，你的灵魂也会在场，用我的说法，就是你的灵魂的眼睛也是睁开的，你会关注和仔细地品味那些有意义的经历，你的生活因此充满了意义。

所以，通过写日记，不但可以把外在的经历转变为内在的财富，而且还可以让你在一定程度上超越于你的外部经历。你有一个身体的自我，这个自我在社会上活动、折腾，你还有一个更高的自我，后来我在尼采的著作里也看到了这个概念，他也谈到了更高的自我。这个更高的自我可以说是一个理性的、灵魂的自我，是人性中本来应该有的，但是许多人的更高的自我是沉睡着的，甚至几乎死去了，再也唤不醒了。我们一定要让这个更高的自我早一点觉醒，让它来指导身体的自我，而写日记和读好书就是让它觉醒的好办法。

人不能缺少两种交谈。一个是和历史上的大师交谈，这就是阅读。另一个是和自己的灵魂交谈，写日记就是一种好方式。换一个说法，人不能缺少两个最重要的朋友，一个是自己，就是你身上的更高的自我，另一个是好书，活在好书里的那些伟大的灵魂。我们每个人的生活范围终归是有限的，你可能在你周围的环境中找不到大师，但是许多大师在书籍里面，你随时可以去见他们。一个是大师，一个是自己，有了这两个朋友，你就不会孤单，不会浮躁，你就会拥有一个宁静的、充实的内心世界。我本人认为当代无大师，当代出明星和偶像，出不了大师。有时候我被人称作大师，我自己觉得很可笑，我读过大师的书，明白我和他们的差距有多大。偶像周围有一大群粉丝，也有人自称是我的粉丝，我就说你们不要做我的粉丝，我不想当偶像，你们也不要做任何偶像的粉丝，做粉丝有什么意思啊，我们大家一起来做大师的学生吧。我也是大师的学生，我希望你们也做大师的学生，我所做的事情实际上就是把人们引到大师的面前，告诉他们，这才是大师，你们去读他的书吧。出大师需要合适的土壤，就是一种鼓励纯粹精神追求的环境，我们这个民族太重实用，缺乏这个土壤。这个土壤怎么来培养？我觉得要靠你们，反正我认为我们这一代人是没有希望了，反正我是没有希望了，希望寄托在你们身上。好，谢谢大家。(掌声)

第五辑

谈写作

与中学生谈写作

　　三辰影库请一些作家来给中学生谈写作，我也在被请之列。我不知道自己算不算一个作家。我没有申请加入作家协会，不是作协会员。我的专业是哲学，不是文学。我写过一些东西，因为不像一般学术论文那样枯燥和难懂，人家就把它们称为散文，也就把我称为作家了。这些都不重要，重要的是，我的确喜欢写作，写作的确成了我的生活的一个重要内容。

　　我自己从来不看作文指导、作文秘诀之类的东西，因为我不相信写作有普遍适用的方法，也不相信有一用就灵的秘诀。所以，我不会来和你们说这些。如果有谁和你们说这些，我劝你们也不要听，他说出的肯定是一些老生常谈。一个作家关于写作所能够说出的最有价值的东西，是他自己在写作中悟出来的道理。我尽量只讲这个。我想根据我的体会讲一讲，对于一个写作者来说，最重要的道理是哪些。

第一讲　写作与精神生活

这一讲的主题是为何写。你们来听这个讲座，目的当然是想学到写作的本领。但是，为什么想学写作呢？这是一个不能不问的问题，它关系到能不能学成，学到什么程度。

一、真正喜欢是前提

一定有不少同学是怀着作家梦学写作的，他们觉得当作家风光，有名有利。现在中学生写书出书成了时髦。中学生写的书，在广大中学生中有市场，出版商瞄准了这个大市场。中学生出书是新鲜事，有新闻效应，媒体也喜欢炒。现在中学生用不着等到将来才当作家，马上就有可能。这对于中学生的作家梦是一个强有力的刺激。

我不认为中学生写书出书是坏事，更不认为想当作家是不良动机。但是，这不应该是主要动机甚至唯一动机。如果只有这么一个动机，就会出现两个后果。第一，你的写作会围绕着怎样能够被编辑接受和发表这样一个目标进行，你会去迎合，失去了你自己的判断力。的确有人这样当上了作家，但他们肯定是蹩脚的作家。第二，你会缺乏耐心，如果你总是没被编辑看上，时间一久，你会知难而退。总之，当不当得上作家不是你自己能够做主的事情，所以，只为当上作家而写作，写作就成了受外界支配的最不自由的行为。

写作本来是最自由的行为，如果你自己不想写，世上没有人能够强迫你非写不可。对于为什么要写作这个问题，我最满意的回答是：因为我喜欢。或者：我自己也不知道为什么，就是想写。所有的文学大师，所有的优秀作家，在谈到这个问题时都表达了这样两个意思：第一，写作是他们内心的需要；第二，写作本身使他们感到莫大的愉快。通俗地说，就是不写就难受，写了就舒服。如果你对写作有这样的感觉，你就不会太在乎能不能当上作家了，当得上固然好，当不上也没关系，反正你总是要写的。事实上，你越是抱这样的态度，你就越有可能成为

一个好的作家，不过对你来说那只是一个副产品罢了。

所以，我建议你们先问自己两个问题：第一，我是不是真的喜欢写作？第二，如果当不上作家，我还愿意写吗？如果答案是肯定的，你就具备了进入写作的最基本条件。如果是否定的，我奉劝你趁早放弃，在别的领域求发展。我敢肯定，写作这种事情，如果不是真正喜欢，花多大工夫也是练不出来的。

二、用写作留住似水年华

有人问我：你怎样走上写作的路的？我自己回想，我什么时候算走上了呢？我发表作品很晚。不过，我不从发表作品算起，应该从我开始自发地写日记算起。那是读小学的时候，只有八九岁吧，有一天我忽然觉得，让每一天这样不留痕迹地消逝太可惜了。于是我准备了一个小本子，把每天到哪儿去玩了、吃了什么好吃的东西等等都记下来，潜意识里是想留住人生中的一切好滋味。现在我认为，这已经是写作意识最早的觉醒。

人生的基本境况是时间性，我们生命中的一切经历都不可避免地会随着时间的流逝而失去。"子在川上曰：逝者如斯夫，不舍昼夜。"人生最宝贵的是每天、每年、每个阶段的活生生的经历，它们所带来的欢乐和苦恼，心情和感受，这才是一个人真正拥有的东西。但是，这一切仍然不可避免地会失去。总得想个办法留住啊，写作就是办法之一。通过写作，我们把易逝的生活变成长存的文字，就可以以某种方式继续拥有它们了。这样写下的东西，你会觉得对于你自己的意义是至上的，发表与否只有很次要的意义。是非写不可，如果不写，你会觉得所有的生活都白过了。这是写作之成为精神需要的一个方面。

三、用写作超越苦难

人生有快乐，尼采说："一切快乐都要求永恒。"写作是留住快乐的一种方式。同时，人生中不可避免地有苦难，当我们身处其中时，写作又是在苦难中自救的一种方式。这是写作之成为精神需要的另一个方面。许多伟大作品是由苦难催生的，逆境出文豪，例如司马迁、曹雪芹、陀思妥耶夫斯基、普鲁斯特等。史铁生坐上轮椅后开始写作，他说他不能用腿走路了，就用笔来走人生之路。

写作何以能够救自己呢？事实上它并不能消除和减轻既有的苦难，但是，通过写作，我们可以把自己与苦难拉开一个距离，以这种方式超越苦难。写作的时候，我们就好像从正在受苦的那个自我中挣脱出来了，把他所遭受的苦难作为对象，对它进行审视、描述、理解，距离就是这么拉开的。我写《妞妞》时就有这样的体会，好像有一个更清醒也更豁达的我在引导着这个身处苦难中的我。

当然，你们还年轻，没有什么大的苦难。可是，生活中不如意的事总是有的，青春和成长也会有种种烦恼。一个人有了苦恼，去跟人诉说是一种排解，但始终这样做的人就会变得肤浅。要学会跟自己诉说，和自己谈心，久而久之，你就渐渐养成了过内心生活的习惯。当你用笔这样做的时候，就已经是在写作了，并且这是和你的精神生活合一的最真实的写作。

四、写作是精神生活

总的来说，写作是精神生活的方式之一。人有两个自我，一个是内在的精神自我，另一个是外在的肉身自我，写作是那个内在的精神自我的活动。普鲁斯特说，当他写作的时候，进行写作的不是日常生活中的那个他，而是"另一个自我"。他说的就是这个意思。

外在自我会有种种经历，其中有快乐也有痛苦，有顺境也有逆境。通过写作，可以把外在自我的经历，不论快乐和痛苦，都转化成了内在自我的财富。有写作习惯的人，会更细致地品味、更认真地思考自己的外在经历，仿佛在内心中把既有的生活重过一遍，从中发现更丰富的意义，并储藏起来。

我的体会是，写作能够练就一种内在视觉，使我留心并善于捕捉住生活中那些有价值的东西。如果没有这种意识，总是听任好的东西流失，时间一久，以后再有好的东西，你也不会珍惜，日子就会过得浑浑噩噩。写作使人更敏锐也更清醒，对生活更投入也更超脱，既贴近又保持距离。

在写作时，精神自我不只是在摄取，更是在创造。写作不是简单地把外在世界的东西搬到了内在世界中，它更是在创造不同于外在世界的另一个世界。雪莱说："诗创造了另一种存在，使我们成为一个新世界的居民。"这不仅指想象和虚构，凡真正意义上的写作，都是精神自我为自己创造的一个自由空间，这是写作的真正价值之所在。

第二讲　写作与自我

这一讲的主题是为谁写和写什么。其实，明确了为何写，这两个问题也就有答案了，简单地说，就是为自己写，写自己真正感兴趣的东西。

一、为自己写作

如果一个人出自内心需要而写作，把写作当作自己的精神生活，那么，他必然首先是为自己写作的。凡是精神生活，包括宗教、艺术、学术，都首先是为自己的，是为了解决自己精神上的问题，为了自己精神上的提高。孔子说："古之学者为己，今之学者为人。"为己就是注重自己的精神修养，为人是做给别人看，当然就不是精神生活，而是功利活动。

所谓为自己写作，主要就是指排除功利的考虑，之所以写，只是因为自己想写、喜欢写。当然不是不给别人读，作品总是需要读者的，但首先是给自己读，要以自己满意为主要标准。一方面，这是很低的标准，就是不去和别人比，自己满意就行。世界上已经有这么多伟大作品，我肯定写不过人家，干吗还写呀？不要这么想，只要我自己喜欢，我就写，不要去管别人对我写出的东西如何评价。另一方面，这又是很高的标准，别人再说好，自己不满意仍然不行。一个自己真正想写的作品，就一定要写到让自己真正满意为止。真正的写作者是作品至上主义者，把写出自己满意的好作品看作最大快乐，看作目的本身。事实上，名声会被忘掉，稿费会被消费掉，但好作品不会，一旦写成就永远属于我了。

唯有为自己写作，写作时才能拥有自由的心态。不为发表而写，没有功利的考虑，心态必然放松。在我自己的作品中，我最喜欢的是《人与永恒》，就因为当时写这些随想时根本不知道以后会发表，心态非常放松。现在预定要发表的东西都来不及写，不断有编辑在催你，就有了一种不正常的紧迫感。所以，我一直想和出版界"断交"，基本上不接受约稿，只写自己想写的东西，写完之前免谈发表问题。

唯有为自己写作，写作时才能保持灵魂的真实。相反，为发表而写，就容易受他人眼光的支配，或者受物质利益的支配。后一方面是职业作家尤其容易犯的毛病，因为他藉此谋生，不管有没有想写的东西都非写不可，必定写得滥，名作家往往也有大量平庸之作。所以，托尔斯泰说："写作的职业化是文学堕落的主要原因。"法国作家列那尔在相同的意义上说："我把那些还没有以文学为职业的人称作经典作家。"最理想的是另有稳定的收入，把写作当作业余爱好。如果不幸当上了职业作家，也应该尽量保持一种非职业的心态，为自己保留一个不为发表的私人写作领域。有一家出版社出版"名人日记"丛书，向我约稿，我当然拒绝了。我想，一个作家如果不再写私人日记，已经是堕落，如果写专供发表的所谓日记，那就简直是无耻了。

二、真正的写作从写日记开始

真正的写作，即完全为自己的写作，是从写日记开始的。我相信，每一个好作家都有长久的纯粹私人写作的前史，这个前史决定了他后来成为作家不是仅仅为了谋生，也不是为了出名，而是因为写作是他的心灵需要。一个真正的写作者是改不掉写日记习惯的人罢了，全部作品都是变相的日记。我从高中开始天天写日记，在中学和大学时期，这成了我的主课，是我最认真做的一件事。后来被毁掉了，成了我的永久的悔恨，但有一个收获是毁不掉的，就是养成了写作的习惯。

我要再三强调写日记的重要，尤其对中学生。当一个少年人并非出于师长之命，而是自发地写日记时，他就已经进入了写作的实质。这表明，第一，他意识到了并试图克服生存的虚幻性质，要抵抗生命的流逝，挽留岁月，留下它们曾经存在的证据；第二，他有了与自己灵魂交谈、过内心生活的需要。看一个中学生在写作上有无前途，我主要不看语文老师给他的作文打多少分，而看他是否喜欢写日记。写日记一要坚持（基本上每天写），二要认真（不敷衍自己，对真正触动自己的事情和心情要细写，努力寻找确切的表达），三要秘密（基本上不给人看，为了真实）。这样持之以恒，不成为作家才怪呢。

三、写自己真正感兴趣的东西

写什么？我只能说出这一条原则：写自己真正感兴趣的东西。题材没有限制，凡是感兴趣的都可以写，凡是不感兴趣的都不要写。既然你是为自己写，当然就这样。如果你硬去写自己不感兴趣的东西，肯定你就不是在为自己写，而是为了达到某种外在的目的了。

在题材上，不要追随时尚，例如当今各种大众刊物上泛滥的温馨小情感故事之类。不要给自己定位，什么小女人、另类、新新人类，你都不是，你就是你自己。也不要主题先行，例如反映中学生的生活面貌之类，要写出他们的乖、酷、早熟什么的。不要给自己设套，生活中，阅读中，什么东西触动了你，就写什么。

重要的不是题材，而是对题材的处理，不是写什么，而是怎么写。表面上相同的题材，不同的人可以写成完全不同的东西。好的作家无论写什么，一总能写出他独特的眼光，二总能揭示出人类的共同境况，即写的总是自己，又总是整个人生和世界。

第三讲　写作与风格

这一讲的主题是怎样写。其实怎样写是没法讲的，因为风格和方法都不是孤立的，存在于具体的作品之中，无法抽取出来，抽取出来便不再是原来的那个东西，失去了任何意义。每一个优秀作家都有自己的风格和方法，它们是和他的全部写作经验联系在一起的，原则上是不可学的。我这里只能说一些最一般的道理，这些道理也许是所有的写作者都不该忽视的。

一、勤于积累素材和锤炼文字

好的作品必须有两样东西，一是好的内容，二是好的文字表达。这两样东西不是在写作时突然产生的，而要靠平时下功夫。当然，写作时会有文思泉涌的时刻，绝妙的构思和表达仿佛自己来到了你面前，但这也是以平时做的工作为基础的。作家是世界上最勤快的人，他总是处在工作状态，不停地做着两件事，便是积累素材和锤炼文字。严格地说，作家并非仅仅在写一个具体的作品时才在写作，其实他无时无刻不在写作。

灵感闪现不是作家的特权，而是人的思维的最一般特征。当我们刻意去思考什么的时候，我们未必得到好的思想。可是，在我们似乎什么也不想的时候，脑子并没有闲着，往往会有稍纵即逝的感受、思绪、记忆、意象等等在脑中闪现。一般人对此并不在意，他们往往听任这些东西流失掉了。日常琐屑生活的潮流把他们冲向前去，他们来不及也顾不上加以回味。作家不一样，他知道这些东西的价值，会抓住时机，及时把它们记下来。如果不及时记下来，它们很可能就永远消失了。为了及时记下，必须克服懒惰（有时是疲劳）、害羞（例如在众目睽睽的场合）和世俗的礼貌（必须停止与人周旋）。作家和一般人在此开始分野。写作者是自己的思想和感受的辛勤的搜集者。许多作家都有专门的笔记本，用于随时记录素材。写小说的人都有一个体会，就是故事情节可以虚构，细节却几乎是无法虚构的，它们只能来自平时的观察和积累。

作家的另一项日常工作是锤炼文字。他不只是在写作品时做这件事，平时记录思想和文学的素材时，他就已经在文字表达上下功夫了。事实上，内容是依赖于表达的，你要真正留住一个好的思想，就必须找到准确的表达，否则即使记录了下来，也是打了折扣的。写作者爱自己的思想，不肯让它被坏的文字辱没，所以也爱上了文字的艺术。好的文字风格如同好的仪态风度，来自日常一丝不苟的积累。无论写什么，包括信、日记、笔记，甚至一张便笺，下笔绝不马虎，不肯留下一行不修边幅的文字，如果你这样做，日久必能写一手好文章。

二、质朴是大家风度

质朴是写作上的大家风度，表现为心态上的平淡，内容上的真实，文字上的朴素。相反，浮夸是小家子气，表现为心态上的卖弄，内容上的虚假，文字上的雕琢。

文人最忌又难戒的是卖弄，举凡名声、地位、学问、经历，甚至多愁善感的心肠，风流的隐私，都可以拿来卖弄。有些人把写作当做演戏，无论写什么，一心想着的是自己扮演的角色，这角色在观众中可能产生的效果。凡是热衷于在自己的作品中抛头露面的人，都应该改行去做电视主持人。

真实的前提是有真东西。有真情实感才有抒情的真实，否则只能矫情、煽情。有真知灼见才有议论的真实，否则必定假大空。有对生活的真切观察才有叙述的真实，否则只能从观念出发编造。真实极难，因为我们头脑里有太多的观念，妨碍我们看见生活的真相。在《战争与和平》中，托尔斯泰写娜塔莎守在情人临终的病床边，这个悲恸欲绝的女人在做什么？在织袜子。这个细节包含了对生活的最真实的观察和理解，但一般人绝不会这么写。

大师的文字风格往往是朴素的。本事在用日常词汇表达独特的东西，通篇寻常句子，读来偏是与众不同。你们不妨留心一下，初学者往往喜欢用华丽的修辞，而他们的文章往往雷同。

三、文字贵在简洁

对于一个作家来说，节省语言是基本美德。文字功夫基本上是一种删除废话废字的功夫。列那尔说：风格就是仅仅使用必不可少的词，绝对不写长句子，最好只用主语、动词和谓语。要惜墨如金，养成一种洁癖，看见一个多余的字就觉得难受。

第四讲　写作与读书

这一讲的主题是谁在写。一个人以怎样的目的和方式写作，写出怎样的作品，归根到底取决于他是个怎样的人。在一定意义上，每个作家都是在写自己，而这个自己有深浅宽窄之分，写出来的结果也就大不一样。造就一个人的因素很多，我只说一个方面，就是读书。

一、养成读书的爱好

写作者的精神世界与读书有密切关系。许多大作家同时是大学者或酷爱读书的人，例如歌德、席勒、加缪、罗曼·罗兰、毛姆、博尔赫斯等。中国也有作家兼学者的传统，例如鲁迅、郭沫若、茅盾、叶圣陶、林语堂、梁实秋、沈从文。现在许多作家不读书，只写书，写出的作品就难免贫乏。

要养成读书的爱好，使读书成为生活的基本需要，不读书就感到欠缺和不安。宋朝诗人黄山谷说："三日不读书，便觉语言无味，面目可憎。"三日不读书，自惭形秽，觉得没脸见人，要有这样的感觉。

读书的面可以广泛一些，不要只限于读文学书，琢磨写作技巧。读书的收获是精神世界的拓展，而这对写作的助益是整体性的。

二、读最好的书

读书的面可以广，但档次一定要高。读书的档次对写作有直接影响，大体上决定了写作的档次。平日读什么书，会形成一种精神趣味和格调，写作时就不由自主地跟着走。所以，读坏书——我是指平庸的书——不但没有收获，而且损害莫大。

我一直提倡读经典名著，即人类文化宝库中的那些不朽之作。古今中外有过多少书，唯有这些书得到长久和广泛的流传，绝大多数书被淘汰，绝非偶然。书如汪洋大海，你自己作全面筛选绝不可能，碰到什么读什么又太盲目。这等于是全人类替你初选了一遍，这等好事为何要拒绝。即使经典名著，数量也太多，仍要由你自己再选择一遍。重要的是要有一个信念，非最好的书不读。有了这个信念，即使读了一些并非最好的书，仍会逐渐找到那些真正属于你的最好的书，并成为它们的知音。

千万不要跟着媒体跑，把时间浪费在流行读物上。天下好书之多，一辈子读不完，岂能把生命浪费在这种东西上。我不是故作清高，我有许多赠送的报刊，不读觉得对不起人家，可是读了总后悔不已，头脑里乱糟糟又空洞洞，不只是浪费了时间，最糟的是败坏了精神胃口。歌德做过一个试验，半年不读报纸，结果发现与以前天天读报比，没有任何损失。

三、读书应该激发创造力

我提倡你们读书，但许多思想家对书籍怀有警惕，例如蒙田、叔本华、尼采。开卷有益，但也可能无益，甚至有害，就看它是激发了还是压抑了自己的创造力。对于一个写作者来说，读书应该起到一种作用，就是刺激自己的写作欲望。

为了使读书有助于写作，最好养成写笔记的习惯。包括：一、摘录对自己有启发的内容；二、读书的体会，特别是读书时浮现的感触、随想、联想，哪怕它们似乎与正在读的书完全无关，愈是这样它们也许对你就愈有价值，使你的沉睡着的宝藏被唤醒了。

养成写日记的习惯

不论在什么场合，只要是面对着中学生，我最经常提的一个建议就是：养成写日记的习惯。中学是人生的一个关键时期，许多好习惯和坏习惯都是在这个时期里养成的。有两种好习惯，一旦养成了，就终身受益。我指的是阅读的习惯和写日记的习惯。这里我只说一说写日记的好处。

第一，日记是岁月的保险柜。每个人都只拥有一次人生，而人生是由每天、每年、每个阶段的活生生的经历组成的。如果你热爱人生，你就一定会无比珍惜自己的经历，珍惜其中的欢乐和痛苦，心情和感受，因为它们是你真正拥有的东西。令人遗憾的是，这一切不可避免地会随着时间的流逝而失去。为了留住它们，人们想出了种种办法，例如用摄影和录像保存生活中的若干场景。但是，我认为写日记是更好的办法，与图像相比，文字的容量要大得多。通过写日记，我们仿佛把逝去的一个个日子放进了保险

柜，有一天打开这个保险柜，这些日子便会历历在目地重现在眼前。记忆是不可靠的，对于一个不写日记的人来说，除了某些印象特别深刻的经历外，多数往事会渐渐模糊，甚至永远沉入遗忘的深渊。相反，如果有日记作为依凭，即使许多年前的细节，也比较容易在记忆中唤醒。在这个意义上，日记使人拥有了一个更丰富的人生。

第二，日记是灵魂的密室。人活在世上，不但要过外部生活，比如上学，和同学交往，而且要过内心生活。内心生活并不神秘，它实际上就是一个人自己与自己进行交谈。你读到了一本使你感动的书，你看到了一片使你陶醉的风景，你见到了一个使你心仪的人，你遇到了一件使你高兴或伤心的事，在这些时候，你心中也许有一些不愿或者不能对别人说的感受，你就用笔对自己说。当你这样做的时候，你是在写日记，同时也就是在过内心生活了。有的人只习惯于与别人共处，和别人说话，自己对自己无话可说，一旦独处就难受得要命，这样的人终究是肤浅的。人必须学会倾听自己的心声，自己与自己交流，这样才能逐渐形成一个较有深度的内心世界，而写日记正是帮助我们达到这一目的的有效手段。

第三，日记是忠实的朋友。我们在人世间不能没有朋友，真正的友谊使我们在困难时得到帮助，在痛苦时得到慰藉，在一切时候得到温暖和鼓舞。不过，请不要忘记，在所有的朋友之外，每个人还可以拥有一个特殊的朋友，那就是日记。在某种意义上，它是你的最忠实的朋友。没有人——包括你最亲密的朋友——是你的专职朋友，唯有日记可以说是。别的朋友总有忙于自己的事情而不能关心你的时候，而日记却随时听从你的召唤，永远不会拒绝倾听你的诉说。一个人养成了写日记的习惯，他仍会有寂寞的时光，但不会无法忍受，因为有日记陪伴他。在隐私权受到法律保护的社会里，日记的忠实还表现在它不会背叛你，无论你对它说了什么，它都只是珍藏在心里，决不违背你的意愿向外张扬。

第四，日记是作家的摇篮。要成为一个够格的作家，基本条件是有真情实感，并且善于用恰当的语言把真情实感表达出来。在这方面，写日记是最好的训练，因为日记是写给自己看的，一个人总不会把空洞虚假的东西献给自己。对于提高写作能力来说，日记有作文不可代替的作用。作文所起的作用在很大程度上取决于教师的水平，如果教师水平低，指导失当，甚至会起坏作用。与写作文不同，在写日记时，你是自由的，可以只写自己感兴趣的东西，不用为你不感兴趣的题目绞尽脑汁。你还可以只按照自己满意的方式写，不用考虑是否合乎某个老师的要求或某种固定的规范。按照自己满意的方式写自己感兴趣的题材，这正是文学创作的主要特征，所以写日记是比写作文更接近于创作的。事实上，许多优秀作家的创作就是从写日记开始的，而且，如果他们想继续优秀，就必须在创作中始终保持写日记时的那种自由心态。

我说了这么多写日记的好处，那么，是不是一个人只要随便这样写一点日记，就能得到这些好处呢？当然不是。依我看，要得到这些好处，必须遵守三个条件。一是坚持，尤其开始时每天都写，来不及就第二天补写，决不偷懒，决不姑息自己，这样才能形成为习惯。二是认真，对触动了自己的事情和心情要仔细写，努力寻找确切的表达，决不马虎，决不敷衍自己，这样写出的日记才具有我在上面列举的这些价值。三是私密，基本上不给人看，这样在写日记时才能排除他人眼光的干扰，坦然面对自己，句句都写真心话。

写到这里，我不得不对天下的老师和家长们进一忠告，因为要遵守这第三个条件，必须有你们的理解和配合。你们一定要把日记和作文区别开来，语文老师当然可以布置学生写若干篇日记然后加以批改，但这样的日记实际上是作文，只不过其体裁是日记罢了。我现在提倡学生写的是名副其实的日记，这意味着老师和家长都必须尊重其私密性，如果不是孩子自愿，任何人不得查看。我不止一次听说这样的事情：有的孩子自发地写起私人日记来，家长和老师觉察后，便偷看或突击检查，一旦发现自以为不妥当的内容，就横加指责和羞辱。这是十足的愚蠢和野蛮，是对孩子正在生长的自由心灵和独立人格的摧残。我们应该把孩子的私人日记看作属于他们的一块不容侵犯的圣地，甚至克制我们的好奇心，鼓励孩子不给我们看。我们要相信，孩子的心灵隐私越是受到尊重，他们就越容易培养起真诚、自信、独立思考等品质，他们在精神上就越能够健康地成长。不必担心因此会互相隔膜，实际上，唯有在平等和尊重的氛围中，我们和孩子之间才可能产生实质性的交流。也无须靠检查日记来了解学生的语文水平，学生写日记是否认真，有无收获，必定会在作文中体现出来，而被有慧眼的教师看到。

写作上的从小见大

世界文学宝库中，有许多名篇是通过描述日常小事阐明大道理的。即使那些宏大叙事的巨著，比如曹雪芹的《红楼梦》，托尔斯泰的《战争与和平》，占据大量篇幅的也是日常生活中的细节。人在一生中也许会遭遇大事，但遭遇最多的还是日常小事，不论伟大平凡，概莫能外。因此，对于写作者来说，从小见大是一项重要的功夫。

怎样做到从小见大？我的回答是，第一在平时练就"见"的眼力，第二在写作时如实写出所"见"。

大道理往往寓于小事之中，小事中却未必都蕴含大道理，因此首先就有一个选材的问题。硬从鸡零狗碎中开发出高论大言，牵强附会，这样的文章最讨人嫌。那么，怎样才能捕捉住真正值得"小题大做"的小事，并且做得恰到好处呢？"功夫在诗外。"陆游此言说出了写作的普遍真理。意义只向有心人敞开，你唯有

平时就勤于思考宇宙、社会、人生的大道理，又敏于感受日常生活中的细小事物，才会有一副从小见大的好眼力。泰戈尔从一朵野花看到了造物主创造的耐心，敬畏之心油然而生，如此写道："我的主，你的世纪，一个接着一个，来完成一朵小小的野花。"同样的一朵野花，一个对宇宙和生命的真理毫无思考的人看见了，是什么感想也不会有的。

写作不是写作时才发生的事情，平时的积累最重要。心灵始终保持一种活泼的状态，如同一条浪花四溅的溪流，所谓好文章不过是被抓到手的其中一朵浪花罢了。长期以来，我养成了一个习惯，在生活中每遇到触动我的心灵的事，不论悲喜苦乐，随时记录下来，包括由之产生的思考。越是使我快乐或痛苦、感动或愤怒的事，我越不轻易放过，但也不沉溺其中，而是把它们当作认识人生和人性的宝贵材料。这样做的结果是，久而久之，我感到小与大之间的道路是畅通的，从小见大就不是什么难事了。

当然，具体写作时，是要有技巧的，但技巧并不复杂，我认为主要有两条。第一，对于所写的这件小事，要抓住它真正使你被触动的情境和细节，这实际上是小和大之间的关联点，着重加以描述，尽可能写得准确、细致、具体、生动，让读者感到，你被触动是多么自然的事情，他们在此情境中同样会被触动。在这样的描述中，已经隐含大道理了。因此，第二，对于从小事中体悟到的大道理，只需作画龙点睛的表述，语言要简洁，切忌长篇大论，要质朴，切忌豪言壮语，最好还要独特，切忌老生常谈。最佳的效果是，读者从你所描述的小中已经隐约见出了大，而在读到你的点睛之句时，仿佛刹那间被点破，发出了会心的微笑。

怎样通过叙事来说理

通过叙事来说理，是常用的作文方式。这样的文章容易写得概念化、一般化，究其原因，往往因为所说之"理"并非作者从亲历之"事"中感悟，而是一个抽象的东西，于是只好概念先行，根据概念编造或推演出"事"来，然后贴上"理"的标签。结果，所叙之"事"必定显得假或者空，成为所说之"理"的生硬的图解。

其实，在生活中，人人都不缺乏由"事"悟"理"的机会，就看是否有心。请看《习惯说》，刘蓉就是一个有心人。书房的地上有一个坑，开始时，他踩到那里就别扭，觉得被绊了一下，久了便习惯了，好像坑不复存在。后来，坑被填平，开始时，他踩到那里又别扭，觉得隆起了一个坡，也是久了便习惯了。一般人如果经历这样的"事"，恐怕都会有所触动，但往往不去细想。刘蓉不然，他认真思考被触动的缘由，就是习惯的力量之大，可以使人觉得坑是平地，平地是坡，于是找出了寓于"事"中的"理"，即"君子之学贵慎始"。

所以，经历某件事，如果你被触动，若有所悟，这时候就要留心。你不要停留在若有所悟的状态，而要把若有所悟变成确有所悟，想清楚所悟的究竟是什么。某个"理"业已寓于"事"之中，你要把它找出来，而且要找得准，真正是这件"事"使你所悟的那个"理"。一个人养成了这样由"事"悟"理"的习惯，借"事"说"理"就不是难事了。

第一要选取真正触动你的"事"，第二要找准你在"事"中悟到的"理"，在此前提下，写作的艺术在于"叙"。"叙"无定规，最能显出作者的水平。"叙"的关键是细节的处理，要把握好"叙"的节奏，有节制，有起伏，不妨还有悬念。"叙"好比演剧，此时"理"并不出场，但它是始终在引导着"叙"的导演。最佳效果是，通篇是"叙"，却已经不露痕迹地把那个尚未"说"出的"理"呈现出来了，因此只需在最后"说"一句点睛的话就可以了，甚至连这句话也不必"说"了，这就好比导演只需在最后谢一下幕或者连谢幕也不必了。

附录：

习惯说

刘蓉

蓉少时，读书养晦堂之西偏一室。俛而读，仰而思，思而弗得，辄起，绕室以旋。室有洼径尺，浸淫日广。每履之，足苦踬焉；既久而遂安之。

一日，父来室中，顾而笑曰：一室之不治，何以天下国家为？命童子取土平之。

后蓉履其地，蹴然以惊，如土忽隆起者；俯视地，坦然则既平矣。已而复然；又久而后安之。

噫！习之中人甚矣哉！足履平地，不与洼适也；及其久，而洼者若平。至使久而即乎其故，则反窒焉而不宁。故君子之学贵慎始。

《暖心美读书》（名师导读美绘版）书目

序号	书名	作者
1	朝花夕拾	鲁迅
2	故乡	鲁迅
3	风筝	鲁迅
4	小橘灯	冰心
5	繁星·春水	冰心
6	荷塘月色	朱自清
7	城南旧事	林海音
8	呼兰河传	萧红
9	端午的鸭蛋	汪曾祺
10	鸟的天堂	巴金
11	落花生	许地山
12	济南的冬天	老舍
13	骆驼祥子	老舍
14	稻草人	叶圣陶
15	边城	沈从文
16	白鹅	丰子恺
17	丁香结	宗璞
18	我的童年	季羡林
19	顶碗少年	赵丽宏
20	心中的桃花源	梁衡
21	春酒·桂花雨	琦君
22	生命的化妆	林清玄
23	心是一只美丽的小箱子	毕淑敏
24	母亲的羽衣	张晓风
25	乡愁	余光中
26	珍珠鸟	冯骥才
27	你若盛开，蝴蝶自来	丁立梅
28	热爱生命	汪国真
29	微纪元	刘慈欣
30	假如给我三天光明	（美）海伦·凯勒 著 张雪峰 译
31	巨人的花园	（英）奥斯卡·王尔德 著 竞择 译

联系电话：027-87679354 87679949